飢えのリトルネロ

RITOURNELLE DE LA FAIM

ル・クレジオ
J.M.G.LE CLÉZIO
村野美優
Miyu MURANO

原書房

飢えのリトルネロ◆目次

第3章　沈黙

おれの飢餓よ、アヌ、アヌ、
驢馬に乗って逃げろ。

おれに好みがあるとすれば、
せいぜい土か石ころだ。
ディン！　ディン！　ディン！　ディン！
空気を喰おう、
岩に、石炭、鉄を喰おう。

飢餓よ、まわれ。草を喰え、飢餓よ、
ざわめく牧場で！
昼顔の陽気な毒を
吸うがいい。

アルチュール・ランボー
『飢餓の祭り』*1

Jemia, forever

ぼくは飢えを知っている、それを身に沁みて感じたことがある。子どものぼくは、戦争の終わりに、アメリカ軍のトラックの横を走る人々と一緒に、兵士たちが投げてよこすチューインガムや、チョコレートや、パンの袋を取ろうとして両手を伸ばしている。子どものぼくは、鰯の缶詰の脂を飲んでしまうほど脂身に飢え、体が丈夫になるようにと祖母が与えてくれる鱈の肝油を、それを掬う匙までぺろぺろと舐め回している。台所で、ぼくは広口瓶の中の灰色の塩の結晶を手づかみで食べてしまうほど、塩に飢えている。

子どものぼくは、初めて白パンの味を覚えた。それはパン屋の大きな丸パン——そいつは痛んだ小麦粉とおが屑で作った、灰褐色というよりかむしろ灰色のパンで、三歳のとき、ぼくはそれを食べて死にそうになった——ではない。それは強力粉で捏ねて型で焼いた、軽くて、いいにおいがして、中身がいまこれを書いている紙と同じくらいに白い、四角いパンである。と書きながら、口の中に唾が込み上げてくる、まるで時は過ぎなかったかのように、まるで幼年時代と今とが直に結びつくかのように。ふわっと蕩《とろ》ける、そのパンの一切れ、それを口の中に押し込み、飲み込んでしまうとすぐ、ぼくはもっともっととそれをせがむ。だからもし祖母がそのパンを戸棚にしまって鍵を掛けておかなかったら、お腹をこわすまであっという間にぜんぶ平らげてしまったかもわからない。たぶんこれほどぼくを満足させたものはほかになく、これほどぼくの飢えを満たし、空腹を鎮めてくれたものを、それ以来ぼくは味わったことがないだろう。

　ぼくはアメリカ製のスパムを食べている。その後しばらくして、ぼくは缶切りで開けた缶を、ていねいに灰色で塗って戦艦に仕立てるために取っておくようになる。ゼラチンで縁取られ、仄かに石鹸のような味のする、缶の中のそのバラ色のペーストは、ぼくを幸せでいっぱいにする。その新鮮な肉のにおい、パテが舌の上に残す脂肪のうすい膜、それが喉の奥を覆いつくす。後に、他の人たち、飢えを経験したことがない人たちにとって、そのパテは醜悪なもの、貧乏人の食べ物と同義語になる。ぼくは二十五年後に、メキシコやベリーのチェトゥマル、フェリペ・カリーロ・プエルト、オレンジ・ウォークといった町の店でふたたびそのパテを見つけた。それは向こうでは『カルネ・デル・ディアブロ』、悪魔の肉と呼ばれている。サラダ野菜の上にパテのスライスが乗っている絵のついた、青い缶に入ったあの同じスパムである。

　カーネーションミルクもそうだ。たしか赤十字施設で配られていた真っ赤なカーネーションの絵のついた筒型の大きな缶。長いことぼくにとって、それは甘さそのもの、甘さと豊かさそのものだ。ぼくは匙に山盛りのその白い粉末を掬うと、噎《む》せるまでそれを舐め続ける。そこでもまた、ぼくは幸せについて語ることができる。どんなクリームも、どんなお菓子も、どんなデザートも、これ以上ぼくを幸せにすることはない。それは熱く、濃厚で、ちょっと塩気があり、歯と歯茎の間でさくさくし、喉をどろっと流れていく。

この飢えがぼくにはある。それを忘れることはできない。それは眩しい光を放ち、幼年時代を忘れさせまいとする。この飢えがなかったら、おそらく何もかも不足していたあれほど長い年月を、あの時代の記憶を留めることはなかっただろう。幸せであるというのは憶えている必要がないということだ。ぼくは不幸せだったのだろうか？　わからない。ただ、ついに満ち足りた感覚のすばらしさを知り、ある日甦ったことを、ぼくは憶えている。あのあまりに白く、あまりに甘く、あまりにいいにおいのするパン、あの喉を流れる魚の脂、あの大きな塩の結晶、あの舌の上、口の奥でダマになる匙の上の粉ミルク、それはぼくが生きはじめる時。ぼくは灰色の年月を抜け出し、光の中に入っていく。ぼくは自由だ。ぼくは生きている。

これから語られるのはもうひとつの飢えの物語である。

第1章　薄紫の家

　エテル。彼女は公園の入り口の前にいる。夕方である。光は柔らかく、真珠色をしている。たぶんセーヌ川の上では雷が鳴っている。エテルはソリマン氏の手をきゅっと握り締める。彼女は十歳になったばかりで、まだ小さく、頭が大おじの腰にやっと届くくらいだ。彼らの前には、ヴァンセンヌの森の木々の間に建てられた町のように、塔や、ミナレットや、ドームが見える。大通りでは周りに群衆がひしめいている。突然、ついに俄《にわ》か雨が降り出し、あたたかな雨が町の上に水蒸気を立ち昇らせる。するとたちまち百もの黒い傘が開いた。年寄りのソリマン氏は自分の傘を忘れてきた。大粒の雨が落ち始め、彼はためらっている。しかしエテルは大おじの手を引き、彼らは一緒に辻馬車や自動車が停めてある入り口の庇の方へ、大通りを横切り走ってゆく。エテルは大おじの左手を引き、大おじは自分の尖った頭の上に乗っている黒い帽子を右手で支える。大おじが走ると、灰色の長い頬髭が拍子をとって離れるので、それがエテルを笑わせ、そしてエテルが笑うのを見て大おじも笑い、あんまり笑ったので彼らは立ち止まり、マロニエの木の下で雨宿りをする。

そこはすばらしい場所である。エテルはそんなところを見たこともなければ夢に見たこともなかった。入り口を過ぎ、ピクピュスの門に着くと、群衆がひしめいている博物館の建物の横を歩いた。ソリマン氏には用のないところである。「博物館なんぞ、おまえはいつでも観られるだろう」と言う。ソリマン氏の頭にあるのはたった一つのことだ。彼がエテルを連れて来ようと思ったのはそのためである。エテルはそれを知りたがり、数日前から質問ばかりしている。おまえはなかなか悪賢いな、大おじはそうエテルに言う。巧みに持ちかけて白状させる術を知っていると。「もしそれがびっくりするようなことで、あたしがそれを言い当ててしまったら、もうびっくりするようなことじゃなくなるのよね？」エテルは再びせがむ。「せめてヒントでもくれないかしら？」ソリマン氏は夕食の後、葉巻を吹かしながら肘掛け椅子に座っている。エテルは葉巻の煙に息を吹きかける。「それは食べるもの？　飲むもの？　きれいなお洋服？」だがソリマン氏は黙っている。いつもの晩と同じように、葉巻を吹かし、コニャックを飲んでいる。「明日になればわかるさ。」エテルは、その後ではもう眠れない。一晩中、小さな金属製のベッドの中で寝返りを打ち、ベッドはぎしぎしと鳴る。ようやく夜明けに眠りに落ちるが、今度は朝の十時に、おばたちの家でお昼を食べるために母が起こしにくるとき、なかなか目を覚ますことができない。ソリマン氏はまだそこにいない。でもモンパルナス大通りはコタンタン通りから遠くはない。歩いて十五分だし、ソリマン氏はさっさと歩く。黒い帽子をすぽっと頭にはめ、銀の取っ手のついた杖をぶら下げ、背筋を真っ直ぐにして歩いてくる。通りが騒がしくても、歩道の上で長靴の踵の鋲をカッカッ鳴らし、遠くから大おじがやってくるのが聞こえる、とエテルは言う。それは馬が立てる音なのだと。エテルはソリマン氏を馬と較べるのが好きで、ソリマン氏の方もそれが嫌ではないので、時々、もう八十歳にもなるのに、公園へ散歩に行くのにエテルを肩車してゆく。ソリマン氏はとても背が高いので、エテルは木々の低い枝に手を触れることができる。

雨が止んだので、彼らは手をつないで湖の畔まで行く。灰色の空の下で、湖は沼地のように、とても広く、撓んで見える。ソリマン氏はよく、フランス領コンゴで軍医をしていた頃の、昔アフリカで見た湖や末無し川の話をする。エテルは彼にその話をしてもらうのが好きだ。ソリマン氏が自分の話を聞かせるのはエテルしかいない。エテルがこの世で知っているのはすべてソリマン氏から聞いたことだ。湖の上に、エテルは鴨たちや、退屈そうにしているちょっと黄ばんだ一羽の白鳥を見つける。彼らはギリシャ神殿の建てられた島の前を通り過ぎる。木橋の上には通行人がひしめいていて、ソリマン氏は、「どうする…?」と訊ねるが、それが念の為にであるのはいうまでもない。あまりに人が多いので、エテルは大おじの手を引く。「ううん、べつにいいよ、早くインドに行こう!」二人は群集の流れをさかのぼって湖の畔を歩く。頭巾付き長外套を羽織り、古風な帽子を被ったこの背の高い男と、スモッキングドレスにアンクルブーツという晴れ着姿のこの金髪の少女の前で、人々は道をあける。エテルはソリマン氏と一緒にいることが誇らしい。世界のどんな混乱の中でも道を拓いてゆかれる男、一人の巨人と一緒にいるような気がする。

群集は今、反対方向の、湖の端の方へと進んでいる。木々の上に、エテルはセメントの色をした変わった塔があるのを目にする。立て札の名前をエテルはたどたどしく読む――

「アン…コール…」

「ワット！」ソリマン氏がつなげる。「アンコール・ワット。カンボジアのお寺の名前だ。これはよく出来ているようだ、しかし、その前におまえに見せたいものがある。」ソリマン氏の頭にあるのはたった一つのことだ。それにソリマン氏は群集と同じ方向に行くことを好まない。集団の動きというものを信用していないのだ。エテルは大おじが、「あれは変わり者だ。」と言われるのをよく耳にする。エテルの母は、たぶん自分のおじだからであろう、「でもとても優しい人よ。」と彼を弁護する。

ソリマン氏はエテルの母を冷淡に育てた。父親が死んだので、おじのソリマン氏がエテルの母を引き取ったのだ。しかしエテルの母はめったにおじに会うことがなく、おじはいつも遠くに、世界の向うの果てにいた。エテルの母はおじを愛している。おそらく、この年寄りの大男がエテルを溺愛する以上に母は心を打たれている。まるで孤独でこわばりきった人生の終わりに、ようやくおじの心が開かれるのを彼女は目にしているかのようだ。

横の方へと、道は岸から遠ざかる。散歩する人たちは少なくなる。立て札には、『旧植民地』

とある。その下に名前が書かれていて、エテルはそれらをゆっくりと読む――

レユニオン
グアドループ
マルティニーク
ソマリア
ヌーヴェル＝カレドニア
ギアナ
フランス領インド

ソリマン氏が行きたいのはそこである。

それは湖から少し引っ込んだ林間の空き地の中だ。藁葺き屋根の掘っ立て小屋もあれば、椰子の幹を模した柱とともに堅材で建てられた家もある。まるで村のようだ。中央には、砂利で覆われた広場のようなものがあり、椅子が並べられている。見物人が何人か座っていて、長いドレスを纏った婦人たちはまだ雨傘を広げているが、今降り注いでいるのは日の光なので、雨傘は日傘の役目をしている。紳士たちは雨粒を吸わせようと椅子の上にハンカチを広げている。

「うわあ、きれい！」エテルはマルティニークの家の前で思わず叫び声をあげた。その家（そこもまた掘っ立て小屋だ）のペディメントの上には、パイナップル、パパイヤ、バナナ、ハイビスカスの花束といった、あらゆるエキゾティックな花や果物、それに極楽鳥の丸彫りが施されている。

「ああ、とてもきれいだ…入るか？」

けれども、またさっきと同じような、いやもっと躊躇いを含んだ声で大おじはそう訊ねると、エテルの手を取り、じっと突っ立っている。エテルはそれを理解し、「あとでね、おじいちゃんは？」と言う。

「どっちみち、なかは空っぽだろう。」扉越しに、エテルは赤いターバンを巻いたアンティル人の女が、微笑みもせずに外を見ているのに気がつく。エテルはその女に会い、そのドレスに触り、話しかけてみたいと思う。女はとても淋しげな表情を浮かべている。けれどもエテルはそれについて大おじに何も言わない。ソリマン氏は広場の反対の端にある、フランス領インドの家の方へエテルを連れてゆく。

その家はあまり大きくはない。それは目立たない。群集は止まらずに過ぎ、同じ動きで流れている。黒の三つ揃い、黒の帽子、それから婦人たちのドレスの軽い衣擦れ、羽根飾り、果物、ヴェールのついた彼女たちの帽子。数人のぶらぶらしている子供たちが、さかのぼり横切っているエテルとソリマン氏の方を、横目でちらちら見ている。そして岩壁、寺、木々の上に顔を出している朝鮮アザミに似たあの高い塔、あの記念建造物の方へ行ってしまう。

向こうにあるものが何か、エテルは訊ねることもしなかった。ソリマン氏はぶつぶつとこう説明したにちがいない、「アンコール・ワットの複製さ、もし見たいのなら、いつか本物を見せに連れて行ってやろう。」ソリマン氏は複製が好きではない、彼は本物にしか興味がない、それだけのことなのだ。

ソリマン氏は家の前に立ち止まっている。その血色の良い顔は、完璧な満足感をあらわしている。無言のまま、ソリマン氏はエテルの手を握り締めると、一緒にステップまで続く木の階段を一つ一つ上ってゆく。それは薄い色の木材ででき、支柱付きの縁側で取り囲まれた、とてもシンプルな家だ。窓は高く、黒っぽい木製の格子がはめられている。つやつやした瓦葺きのほぼ平らな屋根は、銃眼模様のある小さな塔のようなものを頂いている。中に入ると、誰もいない。家の中央には中庭があり、塔に照らされ、不思議な薄紫の光の中に浸っている。中庭の横では、丸い鉢が空を映している。その水があまりに静かなので、エテルは一瞬、鏡なのかと思った。エテルが胸をどきどきさせて立ち止まると、ソリマン氏もその場に突っ立ったまま、中庭の上の円天井を見ようとして頭を少し後ろに反らす。正八角形に並んだ木造のくぼみの中で、電気の棒が、うっすらとして煙のように摑みどころのない色、紫陽花《あじさい》の色、海の上の黄昏《たそがれ》の色を放っている。

何かがふるえている。未完成で、少し魔法がかったものが。誰もいないということ、おそらくはそれかもしれない。まるでジャングルの真ん中に打ち捨てられた本物の寺はここなのだというように。すると、エテルには木々の中のざわめきが、鋭い唸り声が、下草の中の猛獣たちの絹のようにしなやかな足音が聞こえてくるような気がして、身ぶるいがし、大おじに体をすりよせる。

ソリマン氏は動かない。中庭の真ん中の光のドームの下に佇み、電気の仄かな光がその顔を薄紫色に染め、長い頬髭は二つの青い炎になっている。今、エテルにはわかった。つまり彼女を身ぶるいさせるのは、大おじの心の動きなのだ。そしてこれほど大きく、これほど強い男がじっとしているというのは、この家にはある秘密が、すばらしくて、危険で、毀れやすい秘密があるということなのだ。そしてほんのわずかに身動きするだけでも、魔法はぜんぶ解けてしまうのだろう。

いまソリマン氏は、まるでそれらすべてが自分のものであるかのように話している。

「そこには書き物棚を置こう、そこには本棚を二つ…。そこにはスピネットを、それから奥にはボワ・ノワールでできたアフリカの彫像たちを置こう、光が当たれば、いかにもアフリカに置いてあるようじゃないかね、それから最後にベルベル族の大きな絨毯を敷いてもよいしな…。」

エテルにはよくわからない。この大男が彼女が見たこともないほどそわそわして、部屋から部屋へと動きまわる間、エテルはその後をついて歩く。やっと中庭へ戻ってくると、空の映った鏡の鉢を見るために、ステップの階段に腰かける。まるで二人は遠いどこか、世界の果ての、インドか、大おじの故郷モーリシャス島[*1]の、ラグーンの上に沈む夕日を一緒に見つめているかのようだ。

それは夢のようである。そのことを想うとき、エテルの中に広がるのは、薄紫の色と、空を映している鉢のきらきらした円盤である。はるか遠く、はるか昔からやってくる靄《もや》。今ではもう、何もかも消えてしまった。残っているもの、それは思い出などではない、まるでエテルは子供ではなかったみたいに。植民地博覧会。エテルはソリマン氏と一緒に砂利の敷かれた小道を歩いたときの、その日の土産物をずっと持ち続けていた。

「ここには古いロッキングチェアを置こう、きっとヴァラング*2の下にいるみたいだろう、それから雨が降ったら、雫が鉢の水を打つのを眺めよう。パリは雨が多いから…。それからヒキガエルを飼おう、ただ雨を知らせて鳴くのを聞くためにな…。」

「ヒキガエルはなにを食べるの？」

「小バエとか、蛾とか、ダニだ。パリにはダニが多いしな…。」

「葉っぱもいるわね、平たい葉っぱ、薄紫の花をつける。」

「そうだ、ロータスだ。それよりむしろ睡蓮かな、ロータスは冬には枯れてしまうだろうから。でも丸い鉢の中はだめだ。庭の奥にもう一つヒキガエルのための鉢を置こう。こっちの鏡の鉢の方は、空が覗き込めるように、皿のようにぴかぴかにしておきたいのでな。」

ソリマン氏のこだわりは、エテルだけが理解できるものだった。博覧会の図面を見たとき、ソリマン氏はすぐにインドの家を選んで、それを買い上げた。彼は甥の計画を払いのけた。自分の土地にビルディングを建てることはおろか、樹木一本触れることすら許さなかった。ソリマン氏は桐や、青葛藤《アオツヅラフジ》や、インド月桂樹を植えさせた。すべては彼の狂おしい情熱に応じるために整えられていた。

「わたしは建物の経営者には向いとらんからな。」

甥のアレクサンドルの計画を妨げるため、ソリマン氏はエテルを自分の相続人にした。無論、エテルは何も知らなかった。それかたぶん、ソリマン氏はある日エテルに話したのかもしれない。それは博覧会を訪れた日から間もなかった。フランス領インドの家の解体された部品は、ラルモリック通りの庭に積み上げられはじめた。雨を避けるために、ソリマン氏は黒い不恰好なシートでそれらを覆った。それから彼は庭を隠している柵までエテルを連れて行った。ソリマン氏が扉の南京錠を開けると、エテルは土地の奥できらきらしているそれらの黒い堆積を見て、驚いて立ちすくんだ。

「なんだかわかるかね？」

「薄紫のお家じゃないの。」

ソリマン氏は感心してエテルを見た。

「そうだ、そのとおりだ。」そしてこう付け加えた、「薄紫の家、それがこの家の名前だ、名付け親はおまえさんだ。」ソリマン氏がエテルの手を握ると、エテルにはもう、中庭と、回廊と、灰色の空を映している鏡の水盤が見えるような気がした。「これはおまえのものになるのさ、おまえさんだけのものにな。」

しかし、ソリマン氏はその話をもう二度としなかった。いずれにせよ、ソリマン氏はそういう人だった。何か一度だけ言うと、それを二度と繰り返すことはなかった。

　ソリマン氏は長い間待っていた。たぶん待ちくたびれるほど。たぶん彼は実際に取りかかることより、出来上がりを夢想する方が好きだったのだろう。薄紫の家の解体部品は、庭の奥のターポリン素材のシートの下に置きっぱなしにされ、それらを茨が覆いはじめていた。けれどもソリマン氏は相変わらず、少なくとも月に一度は、うやうやしくエテルを敷地へと連れて行った。冬になると、周囲の木々は裸になったが、ソリマン氏が植えさせた木々は持ちこたえていた。青葛藤とインド月桂樹は濃い緑の羽根飾りをなし、それは町の庭園というより、むしろ森の入り口を思わせた。隣の土地の持ち主はコナール《馬鹿者》氏とかいうのだったが、これは作り話ではない。その地区の一番古い住人の一人で、一八八七年にそこの通りを開いた人の息子だった。コナール氏は自分に権限が与えられていると思い込んでいて、ある日、「お宅の外来の木の葉のせいで、うちのサクラの木は正午から三時まで日陰になってしまうじゃありませんか。」とソリマン氏を非難した。

　するとエテルの大おじは、「失礼ですが、糞食らえですな。」と烈火のごとく反撃した。そうエテルの父が大笑いしながら教えてくれたのだが、エテルはその「糞食らえ」という表現をそれまでに一度も耳にしたことがなかった。大おじが、そんな馬方の、いやむしろ兵隊の言葉（と父のアレクサンドルは評した）を口にできるということがエテルをすっかり魅了した。しかし同時に、そんな言葉は、特にそれを言った本人の前では自分は口にできないだろうということがエテルにはわかっていた。でも、それはそれでよかった。

薄紫の家の工事が始まりもしないうちに、ソリマン氏は病気になってしまった。最後にソリマン氏と一緒に敷地へ行ったとき、エテルは変わったものを目にした。庭を覆い尽くしてぼうぼうに伸びていた草は短く刈り込まれ、ターポリンのシートは茨を取り除かれていた。通りに面した木の扉には、建築を許可するという表示板が貼られていた。エテルは憶えていた、そこには、「平屋建て木造住宅の建設」とはっきり書かれていた。ソリマン氏は、パリ中の白蟻が寄ってきかねないと言ってこの計画に反対するコナール氏と戦わねばならなかった。幸い、この平屋を構想したプロタン氏とかいう建築家の支持が都市計画課を説得し、建設許可が下りていた。

更地には杭が打ち込まれ、それらの杭の間に張り巡らされた紐が家の平面図を描いていた。エテルを驚かせたのは、地面に付着した薄紫色の跡だった。紐にチョークが塗られ、そのチョークが地面を叩いてそれらの跡をつけたのだった。ソリマン氏は、どのようにしてそれらのマークをつけるのか、エテルの前でやってみせた。杖の先で紐を持ち上げ、矢を放つような音とともに放すのだ。それはディン！　という重たい音で、また少し地面に薄紫の粉を落とすのだった。

それが最後であった。まるで薄紫の家の内部を照らしていた柔らかな光が、庭の地面につけられたチョークの粉まで染め上げたかのような、その光景はエテルがずっと持ち続けた思い出なのである。

その冬、エテルが十三歳を迎えたときに、ソリマン氏は亡くなった。初め、ソリマン氏は病気だった。彼は息を詰まらせていた。そしてモンパルナス大通りの自分のアパルトマンの部屋で長々とベッドに横たわっていた。ひどく青ざめ、顔中髭だらけで、どんよりした目の大おじを見て、エテルは怖くなった。大おじは顔をゆがめ、「なかなか死ねるものじゃないよ…まだまだな、まだまだな。」と言った。まるでエテルにならわかるだろうとでもいうように。エテルは家に帰ると、ソリマン氏が言ったことを母に伝えた。しかし母は何も教えてくれなかった。ただ、「大おじさまのためにしっかりお祈りしなければ。」と言ってため息をついただけだ。エテルは祈らなかった、何を頼めばよいのかわからなかったからだ。早く死にますように？　それとも回復しますように？　エテルは薄紫の家のことだけを考えた。防水シートの下から薄紫の家を外に出して、トレースの上に建てるために十分な時間が、まだソリマン氏に残されていることを願いながら。

しかし十月は雨が多かったので、トレースは消えてしまっただろうとエテルは思った。大おじが逝こうとしているのがエテルにわかったのは、おそらくその瞬間である。

クセニア

彼女たちがどこで初めに出会ったのか、エテルにはもう思い出せない。たぶんヴォジラール通りのパン屋の中か、マルグラン通りの女子学校《リセ・ド・フィーユ》の前だった。エテルは灰色の陰気な通りを再び見つめる、雨の日のパリの灰色、いたるところに蔓延《はびこ》り、泣きたくなるほど身体の奥まで入り込んでくる灰色を。エテルの父はパリの空を、その空の青白い太陽をつねづね馬鹿にしている。「一錠のアスピリン。一個の封緘用固形糊。」と言って。モーリシャスの太陽、それはこれとは別のものなのだろう。

この灰色ずくめの中で、クセニアは一点のブロンドであり、一つの輝きであった。十二歳くらいか、たぶんすでにそれ以上だったが、歳のわりに背はあまり高くなかった。エテルにはクセニアの本当の歳がいつまでもわからなかった。クセニアは革命の後に母親がロシアから亡命したときに生まれた。その同じ年に、父親が監獄で死んでいるが、おそらく革命家たちに銃殺まででされたのかもわからない。母親はサンクトペテルブルクからスウェーデンの方へ行き、それからさらに国から国を越えてパリまでやって来た。クセニアはフランクフルトに近いドイツの小さな町で育った。それらがエテルの聞きかじった断片であり、しかも忘れないために、エテルは小さな手帖を広げると、一ページ目にちょっともったいぶってこう書いていた、「ここにいたるまでのクセニアの物語。」と。

エテルはクセニアに話しかけた。それともクセニアが先にエテルに話しかけたのだろうか？あの人ごみの中、あの灰色ずくめの中で、エテルは封緘用固形糊よりずっと本物の太陽みたいなクセニアを見たのだ。エテルは彼女の美しさのせいで、胸がどきどきしたのを覚えている。その天使の顔、夏の終わりにほんのり黄金色に日焼けした、とても明るいと同時にやや不透明な肌、赤い毛糸を絡ませた麦わらで編んだ籠の取っ手のように、頭のてっぺんで結んだあの金色の髪、そしてクセニアが着ていたワンピース、胸に赤い糸の刺繍があるわりには、とてもあっさりとしていて、裾飾りのついた明るい色の長いワンピース、片手で（ソリマン氏の大きな手なら、おそらく）摑めそうなほど細いウェスト。

それにクセニアの目だ。エテルはクセニアのような目を一度も見たことがなかった。少し灰色がかったライトブルー——濡れた石盤の色、北の海の色、とエテルは思った——なのだが、エテルを驚かせたのはその色ではない。ソリマン氏も青い目で、勿忘草《ワスレナグサ》の色をし、とてもきらきらしていた。エテルがまもなく気づいたのは、その目がクセニアの顔にある穏やかな悲しみの表情を与えていたこと――というよりむしろ、灰塵を通して見ているように、苦しみと希望とを湛えている、時の彼方からやって来るような遠い眼差しの印象である。

もちろん、エテルはそのすべてを一瞬にして思ったのではない。それはエテルがクセニアの物語を何度も作り直すにしたがい、何ヶ月も何年もするうちに理解したことである。しかしその日、霧雨の降る灰色の道の上で、新学期の始まるときに、その若い娘の眼差しはエテルの魂の奥まで、漠然とだが激しい輝きでもって入り込み、エテルはますます胸が高鳴るのを感じたのである。

エテルは、今ではもう名前も忘れてしまった他の娘たちといて、みんなはコレール先生の詩の授業を受けるために、学校へ入るのを大人しく待っていた。そして、この変わり者のオールドミスについて、生徒たちは、やれ失恋しただとか、やれ競馬で大金を儲けただとか、怪しい小遣い稼ぎをしているだとか、生き延びるための金策に追われているだとか、面白おかしい噂話をしていた。しかしエテルは聞いていなかった。あの新参者をじっと見据え、目が離せないまま、ほとんど小声で同級生たちに、「あの娘《こ》、見たことある？」と訊ねていた。

クセニアはすぐエテルに気がついた。学校の中庭で、クセニアはまっすぐエテルの方にやって来ると、手を差し出し、「クセニア・アントニーナ・シャヴィロフといいます。」と言った。クセニアは自分の名前のXの音を、そっと喉の奥で摩擦させて発音し、エテルはそれをすぐに彼女の姓と同じようにすばらしいと感じた――他の娘たちは案の定、Chavirov, tu chavires?《転覆さん》などとくだらない洒落を言っていたけれど…。クセニアは小さな黒いメモ帖に、小さな鉛筆で自分の名前を書き、そのページを破ると、「失礼、名刺を持っていないので。」と言いながらエテルに差し出した。名前、小さな黒い手帖、名刺、それはエテルにしてみれば身に余るもので、彼女はクセニアの手を握ると、「ぜひお友だちになりたいわ。」と言った。クセニアは微笑んだが、その青い目は謎に覆われたままだった。「もちろんよ、わたしもあなたのお友だちになりたいわ。」エテルはその小さな黒い手帖に、まるで正式の条約のように、自分の名前と住所を書いた。そしてなぜだかわからないが、たぶんクセニアを感心させるために、彼女の友情に確実に値するために、ちょっとだけ嘘をついた。「そこに住んでるんだけど、もうすぐ変わるの。大おじの家が出来たらすぐ、みんなで大おじと一緒に住むことになっているの。」とはいえ、すでにそのとき、薄紫の家が建つのは明日でもなければ、明後日でもないことがエテルにはわかっていた。ソリマン氏の健康は衰え、そして彼の夢は遠のいていた。もうアパルトマンから出ることもほとんどなくなり、リュクサンブール公園の日々の散歩まで諦めてしまっていた。ラルモリック通りの庭の木戸の前を通りかかるたび、エテルは胸が締めつけられるのを覚えるのだった。

　一度、放課後に、エテルはクセニアをその場所まで連れて行った。クセニアはいつも独りで登下校していたので、それでエテルはますますクセニアに感心していた。その日、エテルは母に、「迎えに来ないでもいいわ、お友だちのクセニアと一緒に帰るから、クセニアはロシア人なの、いいでしょ？」と前もって告げた。母は当惑してエテルを見た。エテルは急いでこう言った、「そのあと、一緒におやつにするわ。お茶をごちそうするの。クセニアはお茶をいっぱい飲むのよ。」

ラルモリック通りの敷地に着くと、彼女たちは戸口越しに中を見ようとして、木枠の隙間のところまで爪先立ちで背伸びをした。「大きいわねえ！」とクセニアは叫んだ。そして、「あなたの大おじさまはすごいお金持ちだわ。」と、エテルがそれまでに思ったこともないようなことを口にした。

ある秋の午後、エテルはクセニアを庭まで連れていった。ソリマン氏の上着のポケットから、エテルは木戸の鍵を、お城の中の秘密の扉を開けるためのような錆びた大きな鉄の鍵を取り出した。エテルは大おじに断りもなしにそれを取ることを少し恥ずかしく思った。ソリマン氏は寝室でうとうとしており、大きな体は白いシーツの下で伸び、ものすごく大きな足はベッドの端にそそり立っていた。ソリマン氏はエテルが入ってきたのにさえ気づかなかった。もうすでにある時期から、彼には何もかもどうでもよいのだった。

庭の扉の前で、エテルはクセニアに鍵を見せた。エテルは明らかにそわそわしていた。クセニアも気持ちを昂ぶらせて笑い、エテルの手を取った。「本当に入れるのね？」

彼女たちは怖がりっこをして遊んだ。ハンマーで割られ、ほとんど目地塗りされていない、赤と黄土色の古い石壁は、地衣類と野ぶどうに覆われ、ソリマン氏が病気になって以来、扉を塞いでいる蔓を切ろうと気にかける者は誰もいないようだった。

錠前まで動かなくなっていた。エテルは鍵が回転するまで何度も試みなければならなかった。鍵は回りながら錆びついた軋みを立て、その音に娘たちは興奮の叫び声を上げた。

「待って、女の人がこっちを見ているみたい！」

クセニアは顔を動かさずに、目だけで道の反対側を示していた。「だいじょうぶ、ただの管理人よ。」彼女たちは駆け込むと、まるで後ろから誰かが押し入ろうしているみたいに、内側から鍵を掛けた。「来て、わたしたちだけの内緒のものを見せてあげる！」エテルはクセニアの手を引いていた。クセニアの手は小さくて柔らかく、子供の手をしていて、まるで何物も壊すことのできない友情のしるしのように、エテルはその手を自分の手の中に感じて心ふるわせていた。後に、エテルはこの最初の瞬間を、自分の胸のときめきを思い起こした。そして、「とうとう、友だちを見つけたんだわ。」と思った。

ラルモリック通りの庭での午後は、とてもとても長かった。茨に覆われた山積みの板を眺め回して最初の時間を過ごすと、二人の少女は庭の奥にあるあずまやに隠れて腰を下ろした。そこに昔ソリマン氏が、夢想に耽るためのベンチを備え付けたのだった。その秋の日の午後は湿っぽかったが、弱い日差しが敷地の奥の石壁を照らしていた。茶色いトカゲが金属のボタンのような小さな光る目で二人を観察しようと、壁から出てきていた。

エテルは誰にもこんなふうに話したことがなかった。突然前よりもっと自由になった気がした。

エテルは笑ったり、話したり、子供時代から積もってきた細ごましたことを思い出したりした。そして自分の計画や、アイディアや、ダンスパーティーの衣装について話したり、カーディガンのポケットから一枚のファッション画を取り出したりした。「ほら、青いワンピースにつけるスパンコールのベルトでしょ、黒いサテンのスカートでしょ、それからその上は、紫色のチュニックでしょ、それから金ラメのブラウスでしょ、レースのチュニックでしょ、それとか、見て、ほら、チュールのついた黒いサテンのブラウスでしょ。」クセニアはその図案を見ていた。「どう思う？」相手の少女がまだ答えられもしないうちに、エテルは続けていた、「金のパンプスはどう？　ううん、だめね、ちょっと目立ちすぎ、ちょっとけばけばしいかな？」エテルは、まるでクセニアがそれらを着ているのを見るかのように、後退りしていた。「ほら、すごくきれいよ、これ、みんな着て欲しいわ、わたしがドレスをデザインするから、あなたがそれを着るの。」

エテルは、ショッキングブルーの服を着て、むき出しの肩に長い金色の髪を垂らし、とても小さくて繊細な手には、肘まである黒い手袋をつけ、革紐の編み上げサンダルや、小さな女の子が履くようなエナメルの靴を履いたクセニアを想像していた。二人とも笑ったり、立ち上がったりし、まるで高級ホテルの赤い絨毯ででもあるかのように、枯葉の絨毯の上を歩いたりした。二人は何もかも忘れていた。クセニアは生活のつらさ、彼女と姉の貧しさ、自分たちの物乞いの生活のこと。エテルの方は、父と母の諍い、父と歌手のモードとの関係に纏わる噂話、そして今にも旅立とうとするように服を着たままベッドに横たわっているソリマン氏のことを。エテルはメイドのイダが母に、ソリマン氏は自分が死にかけていることを知っているので、毎朝自分に服を着せ、靴紐を結んでほしいと頼むのだ、と話しているのを聞いていたのだった。

彼女たちはほとんど毎日、放課後にやって来るのが習慣になった。クセニアと居残るために、エテルはちょっとだけ嘘をついた。国語の宿題を手伝うために、友だちの家へ行くのだと。だが一度もクセニアはエテルを家へ誘ったことがなかった。実をいえば、エテルはクセニアがどこに住んでいるのかさえ知らなかった。一度か二度、一緒にヴォジラール通りまで歩いたとき、クセニアは下り坂を漠然と指差し、「ほら、あそこに住んでるの。」と言ったことがあった。

エテルには、クセニアが自分たちの困窮ぶりと、惨めな住まいを知られたくないのだということがわかっていた。クセニアが自分の住まいについて話したある日、少し自嘲気味に、「ねえ、わたしたちのアパルトマンって物置きみたいなの、毎朝マットレスを片付けなきゃ歩けないくらい、すっごく狭いの。」と言ったからだ。

エテルは自分が裕福で、一階の大きなアパルトマンに住み、花が咲いている庭に出られるガラス戸のある自分用の寝室を持っていることが恥ずかしかった。そしてクセニアの存在を羨ましく思うのだった。一緒に寝る姉、彼女たちの狭い住処、話し声、そして明日への不安さえも。エテルは、冒険に満ちた暮らしの雰囲気、お金に困っていること、生き延びる手段を探すということについて想いをめぐらすのだった。ラルモリック通りの庭での午後、それはいつも特別なひとときだった。彼女たちは寒さも忘れ、虫喰いのベンチに座っておしゃべりをした。小雨が降ると、それぞれパラソルを広げて互いに寄り添っていた。ときどき、クセニアは自分の家からまっすぐに来るとき、毛糸のぼろで包んだボトルに入れた紅茶と、おそらくシャヴィロフ家の栄光の名残の品の、銀のゴブレットを二つ持参してきた。エテルは少し渋くて刺激のあるその熱い紅茶を味わった。二人は声を上げて笑い、馬鹿笑いさえもした。お返しをするために、エテルはある日、ウィレルミーヌおばがモーリシャスから持ち帰り、自分にくれたティーポットを、ピクニック用の中国製の小箱に入れて持ってきた。クセニアは赤い刺し子と、中国製のティーポットと、取っ手のない可愛らしい茶碗を褒めたが、ヴァニラの紅茶は自分には甘すぎたので、クセニアは顔を顰めた。「だめ?」エテルは胸が締めつけられる思いで訊ねた。クセニアはちょっと笑った。「だいじょうぶ、少し苦手なだけよ。もしかまわないなら、わたしは自分のを持ってきたほうがよさそうね、いつものように。」エテルの失望は吹き飛んだ。「いつものように」というのはエテルの心を甘やかにした。それはこれからも続くことを意味していた。エテルはあまりに感謝の気持ちでいっぱいになったので、目には涙があふれてきた。そしてクセニアに気づかれないように顔をそむけた。

ぽつりぽつりと、クセニアは身の上話をするのだった。エテルからそれを訊ねることはなかった。エテルにはクセニアが打ち明けようと決めたことしか話さないこと、それは打ち明け話ではなく、彼女たちの友情を固めるためにクセニアがくれる贈物のたぐいであることがわかっていた。契約のようなものである。クセニアはサンクトペテルブルクのシャヴィロフ家の大邸宅の話をした。彼らが開いていたパーティーには、貴族も農民も、兵士も、職人も芸術家も、周りにいる者たちは誰もが参加することができた。クセニアは自分もそこにいたかのように熱弁を揮っていたが、それはクセニアが生まれる前の、革命以前の、クセニアの父と母がまだ若い夫婦だった頃の話だった。その頃、彼らは理想を信じ、新しい時代を信頼していた。彼らは人生はずっと続くものと思っていた。クセニアは一枚の写真を持ってきたが、それは時がその時代を消し去ろうとしているように、すでに黄ばんで染みがついていた。エテルは写真の上に、長髪で、濃い褐色のロマンティックな顎髭を生やした、優雅な服装の青年を見た。青年の横にいるのはクセニアの母親で、その人は金髪を重いシニョンに結い上げ、プリーツの入った白いロングドレスと、農婦のように刺繍のついたブラウスを着た可愛らしい女性だった。「母はマーティナというの。」とクセニアは言った。「この衣装はね、ヴィリニュス*3の娘たちのもの、母はリトアニア人なの。」若い夫婦の後ろには、ギリシャ神殿や空中庭園など、写真館の装飾があるのがわかった。それは永遠の夏のように見えた。

　クセニアは少しだけ気を許していた。普段は微笑みをはりつけたような平然とした顔つきで、自分の言動に気を配り、つねに隙がないといった様子をしている彼女が、突然、エテルの肩に崩れ落ち、声は掠れ声になり、息を詰まらせ、その口調を抑えられなくなるのだった。「生きていくって、なんて大変なんだろう…。」クセニアは眉間に皺を寄せ、その青灰色の目は曇りを帯びていた。「生きることはたまに、本当につらい…。」そうクセニアは思いがけなく真面目くさって言うのだった。エテルはその手を握り締めてキスをした。エテルには何も言えないことがわかっていた。エテル自身の人生、父と母との間で日毎に深くなる溝、お金をめぐる喧嘩、破綻へと向かい著しく広がってゆく悪い兆し、そうしたすべては、クセニアの体験したもの――父親の悲劇的な死、母や姉たちとともにドイツを越えて亡命したこと、そしてついにはフランスのこの暗くて寒い大都会にたどり着き、そこで借金をして暮らさなければならなかったこと――に較べれば、まったく取るに足りないことであった。もしもクセニアに、その子供時代に、その人生の一瞬ごとに、こうした秘密がなかったとしたら、エテルはこれほどクセニアを好きになっただろうか？そんな自分の弱みを見出し、エテルはそれを悔やんだが、それに抵抗するすべを知らなかった。愛は結局それらの妄想によって育まれたのだったが、この感情はそれほど不純だったのだろうか？　ときどきエテルは自分がおもちゃであるような気がした、エテル自身の幻想のおもちゃ、あるいは悲しみと嘲り、シニカルさとナイーヴさとが交互に現れる、あの娘のおもちゃに。

　クセニアがエテルとの関係をゲームのように操り、支配するのを楽しんでいることは、少しずつ明らかになっていった。ある午後、クセニアは気を許し、婦人服店の仕立て屋で働いている母親のことや、破壊的な怒りに取り憑かれて自殺を口走る姉マリーナのことを話し、涙で目を曇らせたかと思うと、放課後には、自分の弱さを後悔してエテルに冷たく当たるように見え、二人きりになるのを避け、他の娘と腕を組んで帰ってしまうのだった。エテルは、この裏切りに値するような、自分が言えたかもしれない、それとも出来たかもしれないことをあれこれ自問しながら、呆然としたまま、胸を締めつけられていた。

エテルは家に帰ると、自分の部屋に閉じこもり、食事を拒否するのだった。「どうしたのかしら?」と母は訊ねた。父のアレクサンドルはしたり顔で言った、「きみの娘は恋をしているんだよ、それだけのことさ。」エテルはこの意見を扉越しに聞いて、啞然とした。ぜんぜんちがう、なにもわかってない！　と叫びたかった。後に、数日して、エテルは自分の心を苛むものの正体を理解した。ただの嫉妬である。クセニアは自分にこの毒を注いだのだ。エテルは自分自身に向かって、いまいましさと怒りを覚えた。嫉妬、要するにそれだったのか！　月並みな感情。歌手のモードが原因で、母を苦しめ、息苦しくさせているのと同じもの、お針子の、貧しい娘の、犠牲者の感情！　それはエテルを呆然とさせ、吐き気を覚えさせるのだった。そうして、ある日、訳もなく、学校を出たところに、クセニアがふたたび現れ、エテルを待っていた。天使のように愛らしく、海の色の目をし、蜂蜜色の髪を大人しくシニョンに結って黒いビロードのリボンで結び、スパンコールのベルトのついた新しいワンピースを着て。クセニアはエテルにキスをすると、「どう?　お母さんがあなたの考えた服を作ってくれたの！」と言った。エテルは自分は馬鹿だと、酔っ払いの馬鹿者だと感じながら、熱い流れが体の中に入ってくるのを覚えた。そしてクセニアのワンピースを褒めようとして、ちょっと後ろに下がると、「ほんとね、よく似合ってるわ。」と言った。エテルが言えたのは、たったそれだけだった。

それから突然、彼女たちは世界一の仲良しになった。もう離れることがなくなって、いつも一緒だった。エテルは朝、時間よりも早く起きると、昼にはクセニアに会えるという思いで胸が幸せで一杯になった。エテルはそのことですべてを忘れてしまうのだった。おばたちは、「もう会いに来てくれないのかい？　まさか怒ってるんじゃないだろうね？」と嘆いていた。エテルは土曜日の午後、宗教教育の後、ピアノのレッスンの前に、少しだけ立ち寄った。今ではウィレルミーヌおばが住んでいるソリマン氏の古いアパルトマンにさっと入っていくと、この老婦人にキスをしたり、ビスケットを齧ったり、ヴァニラのお茶を啜ったりし、それからエレベーターを待たないでもいいように、大急ぎで階段を下りて出て行くのだった。エテルはクセニアとイタリア人大通りで落ち合うためにピアノのレッスンをさぼっていた。彼女たちはウィンドウショッピングをしに行くのだった。クセニアは歳よりずっとませていて、男たちに注目されるのを得意がっていたが、エテルはそれをまったく馬鹿げていると思った。「ねえ、あの男、あなたのことどんなふうに見てたと思う？　気持ち悪い人ね！」それに合わせて突然、エテルは怒りはじめた、「まったく、あの男ときたら、わたしがはっきり言ってやる！　信じられないわ、あなたとすれちがったあと、今度は後からついてきたりして、まるで犬公よ！　あれをやるよりマシなことがないのね！」クセニアはちょっと満足げな笑みを浮かべ、ますますエテルを苛つかせた。クセニアはそうしたこと全部を少し偉そうに話したり、男たちについて、大抵の彼らの価値について、そのくだらなさについて、それとなく仄めかしたりするのだった。ある日、クセニアはエテルに向かって、「本当は、ずいぶんネンネなのね。」とまで言った。エテルは傷ついたように感じ、何か言い返したかったが、なんと言ってよいのかわからなかった。ネンネなんかじゃない、とエテルは思った。エテルは父と母とのこと、彼らの口論、モードのこと、この女が家族の中に占めている位置、家が破産しはじめていることについて話すべきだったのかもしれない。しかしそれらはみなシャヴィロフ家の悲劇的な運命に較べればあまりにちっぽけなことで、厚かましくも自分とクセニアを比較することなど決してできなかったことだろう。

エテルは自分の友情に夢中になっていた。それは不思議なことだった。学校の他の娘たちはみな、その仲の良さを妬《ねた》んだにちがいない。クセニアの美しさ、彼女の秘密、彼女がとてもなめらかに「シュ」という音を発音するクセニアの名前、彼女の破滅の物語を想わせる、あのシャヴィロフという名前。クセニアのために、クセニアに気に入られようとして、エテルは自分の性格を変えた。どちらかといえばペシミストで、閉じこもりがちのエテルが、クセニアと会うときは人格を変えたのだった。エテルはおどけたふうに、軽薄に、お気楽そうに振舞った。ネンネである振りをした。もちろん、それは友だちがエテルに認めた美点だったからだ。エテルは手帖に思いつきや、小話や、家や道で耳にしたことをメモした。エテルはそれについてクセニアと話し、意見を求めることにしていた。ほとんどの場合、クセニアは聞いていなかった。クセニアは別のことを考えている様子でエテルを見ていた。あるいは、「生きることを複雑にしすぎよ。」と言って遮るのだった。そして自分を苦しませるような——しかし、それを絶対に表に見せてはならなかった——微かな薄笑いを浮かべながら、こう言うのだった、「ねえ、エテル、実際の生活だけでも、すでにこれだけ大変なのよ、誇張する必要なんかないわ。」エテルは俯くと、そのとおりだと思った。「そうね、あなたはすぐ、現実をありのままに見るものね。だからこそ、わたしはあなたの友だちなんだわ。」

それはある時からだった。自分を安心させるために、想いをはっきりさせるために、エテルは今では頻繁にその言葉を口にしていた。友情、愛、愛しさ——これらの感情を受ける権利があるのはソリマン氏だけであるかのように、長い間、自分の語彙からその言葉を御法度にしていた彼女が。ある日、思い切って言ってみたのだ。町の通りを歩きながら、一緒に長い昼間の時間を過した後、穏やかな春の宵に、セーヌ川の前の白鳥の小道の上で。エテルはクセニアの横顔を盗み見ていた。その高い額、繊細な鼻翼をもつ小さな鼻、シニョンの下のうなじに生えたブロンドのうぶ毛、形のよい真っ赤な唇、そして頬に影を落としている睫を。そして心の奥底に、戦慄のように甘美で逆らいがたい愛のほとばしりを感じ、よく考えもせずに早口でこう口走った、「ねえ、クセニア、あなたみたいな友だちは初めてなの。」クセニアはしばらくのあいだ動かなかったが、おそらく聞いてはいなかったのだろう。それからエテルの方を向くと、その瞳の灰青色は、はるか遠い、はるか北の海の色のようだった。「わたしもよ、あなた《シェリ》。」とクセニアは言った。そして、その告白のちょっと滑稽な真面目臭さを打ち消そうとして、クセニアはにやにや笑った。「気づいてたかしら、わたしたち、ちょうど恋人たちが告白をする場所にいるわ！」そしてその後すぐ、クセニアは母親が働いている婦人服仕立て屋の店主の話をし始めた。それはちょっと男みたいに背の高い女で、名前に *is* がつき――エテルは、Karvélis《カルヴェリス》というのはギリシャ語かもしれないと思ったが、実際はリトアニア人だった――、彼女はその素行によって周りによく知られていた。「要するに、わたしが言いたいことわかる？」とクセニアは言った、「わからないでしょう、こんなこと知らないわよね、つまり、男たちをあまり好きでない女、女たちと付き合う女のこと。」

　クセニアはちょっと手振りを入れたので、エテルはその手がどれほど手入れされているかに気がついた。とてもきゃしゃな指をした人形の手、シャモア皮で艶出しをしたばら色の爪。なぜクセニアはカルヴェリスについて、そんなあれこれを話したのだろう？　ある日、試着室でクセニアがワンピースを試着した後、それを脱いでいたときに、その女が入ってきて、クセニアの肩にそっと触れ、「あなたさえよければ、わたしたち、trrrés trrrés《とってもとっても》（クセニアは声を強め、ｒの音をロシア式に巻き舌で発音した）仲良しになれそうね！」とささやいたのである。

　マダム・カルヴェリスは二人の冗談のお気に入りの話題になった。繊細で貴族的な少女の容貌の下に、クセニアは鋭い現実感覚と、エテルの両親なら間違いなく腰を抜かすようなエスプリまで隠しており、エテルはそれがおかしくて仕方ないのだった。クセニアはあらゆるものを見逃さなかった。生徒監督ボルナ氏の色目使いも、フランス語の教師マドモアゼル・ジャンソンの恋する足取りも。このフランス語教師がずるずると長い菫色の絹のショールを羽織り、学校の中庭を歩いていたある日、クセニアはエテルをとんと小突いて言った、「見た？　ショールが上着よりも長くてお尻まで垂れ下がってる！」クセニアは決して大声で笑うことなく、いつも歯軋りするような小さな声で、エテルが噴出さずにはいられないことを言うのだった。「歩くと、あれが尻っぽになって、大きなお尻を追っかけている！」

幾度となく、エテルはシャヴィロフ伯爵夫人が働いている婦人服店の仕立て屋へクセニアに会いに出かけた。それはパリの反対の端、ラ・ファイエット通りに近いジョフロワ＝マリー通りの建物の三階で、エテルにはまさに冒険そのものだった。エテルがそこにやって来るようになった初めの頃のある日、シャヴィロフ一家は全員揃っていて、お母さんは台の上に屈み込み、服を縫い合わせているところで、娘たちは王女に扮して姿見の前でくるくると回っていた。仕立て屋は薄暗く、めちゃくちゃに散らかっていて、型紙やら端切れやらが床に積み上げられていた。マダム・カルヴェリスはテーブルの上で仕事をしていたが、彼女は一見、公爵夫人の使用人に見間違えられたとしてもおかしくはなかった。クセニアは観客を必要としていたので、エテルがやって来ると、ひどく興奮した。クセニアはカルヴェリスを公然とからかい、彼女の手を引っ張ったり、白いオーガンディーの花嫁に付き添う少女のロングドレスをさらさらいわせながら、その周りを踊ったりした。マリーナも少し奥まったところで、姿見の前で踊るようにくるくる回っていて、細長いアパルトマン中にこの姉妹の笑いと手拍子が反響していた。エテルはうっとりとしてその光景に見入っていた。熱狂の渦がこの娘たちを巻き込み、その運命の重荷と悲しみに立ち向かわせており、それは馬鹿ばかしい反面、心揺さぶられる光景だった。シャヴィロフ夫人はじっとしていた。彼女は縫い物の手を止め、この有様を見つめていたが、その少し灰色がかった顔は、ぴくりともせず、無表情であった。ふと、クセニアはエテルのところまで来ると、エテルをダンスに引きずり込んだ。クセニアは体をぐっと反らし、エテルを騎士に見立てて彼女の両手を自分の腰に持ってくると、エテルを右腕で抱きしめ、その肩に手を置いた。エテルはクセニアの堅い体とコルセットの帯紐、彼女の仄かな髪のにおい、硫黄とオーデコロンが入り混じった、ちょっとつんとして、ちょっとむかつくにおいを感じていた。ダンスが終わると、クセニアはエテルの頬に、そっとではなく、ほとんど荒々しいほどの情熱的なキスをした。頰の下の方、唇すれすれのところにされたそのキスに、エテルはぞくっとなった。それはみなゲームであり、挑発だった。エテルの手を握ったまま、クセニアはカルヴェリスの前でお辞儀をすると、あまり品の良くないちょっとハスキーな声で、「発表します！」と言った。マリーナも伯爵夫人も聞こえていないようだったので、クセニアは大きな声で繰り返した、「おほん、おほん！　みなさま発表します…。エテルとわたしは婚約することに決めました！」踵のない窮屈な靴をぺたんと床につけた足、ひっつめにした褐色の髪、黒っぽいスカートとシャツブラウスの、ちょっと堅くなって立っているエテルと、金のパンプスを履いた可愛らしい足をして、白い裾飾りとヴェールをつけた、見事に花嫁そっくりなクセニア、それはあまりに滑稽だった。後に、リヴォリ通りの方へ、それからカルーゼル橋の方へと歩きながら、クセニアはエテルに世間というものをこんなふうに教えた、「わたしはね、サッフォーとは何の関わりもないのよ、わたしが願うのはただ、カルヴェリスがわたしを求めてこないことなの、わかる?」エテルは驚きを押し隠していた。「もちろん、わかるわよ。」すると突然、エテルは隠れていた世界に気がついた。エテルが汗と煙草のにおいの沁みついた彫塑のアトリエにマドモアゼル・ドゥクーと二人きりでいたときに、なぜあのような微かな困惑を感じたのか。いつも馴れ馴れしく、ひどく男っぽい力でエテルの腕を取りキスをする、オリーヴみたいな小さな黒い目の、ずんぐり太ったあの女。エテルは躊躇いながらもそのことを話していた。「大おじが隣にアトリエを貸している、あの芸術家ね、あのひとは葉巻を吸うんだけど…。」クセニアはまともに聞いていなかった。「喫煙なんてなんの意味もないわ。そのひと、女の人と暮らしているの?」エテルはそれについて何も知らないことを認めざるをえなかった。「猫をたくさん飼ってるの、それと動物を彫ったりとか…。」「なら変わり者ね。」クセニアはにべもなかった。そして彼女たちは二度とその話をしなかった。

クセニアに気に入られようとして、エテルはロシア語の教則本を買った。そして毎晩、ベッドの中で練習をした。『ヤ・リュブリュー《わたしは好きです》』というのと、何の脈絡もなく続くレッスンを繰り返したが、エテルは自分が覚えておきたい「愛する」という動詞の活用しか覚えなかった。ある日、ジョフロワ＝マリー通りの仕立て屋で、エテルは思い切ってシャヴィロフ夫人に、『カーク・パジヴァーイチェ?《ご機嫌いかがですか?》』と言ってみた。すると伯爵夫人がうっとりとなったので、クセニアは皮肉たっぷりの声で、「まあ、エテルはロシア語がお上手だこと、『カーク・パジヴァーイチェ』って言えるんですもの、じゃあ、『ヤ・ズナーユ・ガヴァリーチ・パ・ルースキー《わたしはロシア語が話せます》』、それと『グヂェー・トワリエート?《トイレはどこですか?》』は?」とからかった。エテルは顔が紅潮するのを感じ、それが怒りなのか、それとも恥辱なのか、自分でもよくわからなかった。クセニアは侮辱と愛撫とを巧みに操ったが、それはクセニアが生きのびてゆくために、子供時代から身に付けてきたものだったのだ。それからしばらくして、足の向くままにパリの通りやリュクサンブール公園を散歩しながら、クセニアはエテルにプライヴェートレッスンをしたが、それはたしかにプライヴェートで、愛だけが問題の、実際にはまるで役に立たない文章の連なりにすぎなかった。クセニアは繰り返し次のように言わせた――『ヤ・ドゥーマユ・シュトー・アナー・イエヴォー・リュービト』、彼女は彼を愛していると思います、『ヤ・ズナーユ・シュトー・オン・イエユー・リュービト』、私は彼が彼女を愛していることを知っています、それから、『リュボーフィ《愛情》』、『ヴリエブリョンヌイ《惚れ込んだ》』、『ヴリエブリョンナヤ《夢中である》』、クセニアはこれらの単語を、最後の音節を長く引き伸ばしながら言い、それから、『ダラガヤー《大切な》』、『マヤー・ダラガヤー・パドルーガ《大切なわたしの女友だち》』と言うのだった。そして半ば目を伏せると、『ハラショー《すばらしい》』、『ムニェー・ハラショオ…《わたしにとって、すばらしい》』と言った。

それからエテルの方を向くと、『トィ・ダヴヴォーリナヤ?』うれしい? と聞くのだった。

七月、白鳥の小道はあらゆるものから遠くにあり、セーヌ川の真ん中に消えていた。クセニアが会う約束をしていたのはそこである。クセニアは他の娘たちのように、「じゃあ、明日、同じ時間に…。」とは一度も言わなかった。踵を返すと、大股でさっさと遠ざかってゆき、レンヌ通りやモンパルナス大通りの人ごみの中へたちどころに消えるのだった。エテルは早い時刻にせかと出かけ、「どこへ行くの?」と母に訊ねられると、「お友だちと買物に。」などとお茶を濁していた。エテルは大げさな嘘をでっちあげたりせず、ピアノのレッスンやコーラスの練習の話は避けていた。

エテルは高架地下鉄の歩道橋を降りて島に着いた。朝、長い小道は人気がなく、トネリコの木陰はとても涼しかった。時々、遠くの小道の向こうの端に人影が見えていた。それはあまり油断のならない男たちだった。エテルは怖くなどないというように、決然とした足取りで彼らの方へ向かって歩いた。そう教えたのはクセニアだった、「そんなふうに迷わずに歩けば、怖がるのは相手の方よ。とくに速度を緩めたり、目を合わせたりしないこと。どこか一点をしっかり見つめて、誰かが待っていることを思い浮かべるの。」それは成功していたのだろう、誰も声をかけては来なかったから。

クセニアはいつも同じ場所でエテルを待っていた。クセニアはそこを象の木と呼んでいたが、それは土手に根を下ろしたとても大きなトネリコの木で、いちばん太い枝々が、象の牙や鼻のように、川すれすれに身を撓めていた。二人はそこに立ったまま、黙って緑色の水と、流れにそよぐ茶色い髪のような草を見つめて過した。それからプラタナスの木陰のベンチに腰かけ、川舟が滑っていくのを見つめていた。黄色い波を押しやりながらセーヌ川をさかのぼる舟、向こう側の川岸沿いに舫っている舟。二人は旅の話をしていた。クセニアは雪と森のカナダに行きたいと言った。クセニアは領地と馬の飼育場を持っているような青年との大恋愛を想い描いていた。だが実のところ、クセニアの大恋愛の相手というのは、父親の所有地だったロシアで昔みんなが乗っていたような馬たちのことだった。エテルはモーリシャスのこと、アルマの所有地のことを、それがまだ存在しているかのように話していた。ザコという果物の集荷、バオバブの種、森の真ん中にある冷たい小川での水浴び。エテルはそれらをまるで自分が体験したことのように話していたが、しかし、それはミルーおばやポーリーヌおばの口や、アレクサンドルがクレオール語で喋るときに不意に出す大きな声から寄せ集めた話の断片なのだった。クセニアはまともに聞いていなかった。時々、彼女は急に話を遮ったりした。そして川向こうで沸き立っている町、汽車が走るアーチ型の橋、エッフェル塔のシルエット、ビルの群れを指差した。「わたしはね、ここで起こっていることしか頭にないの。思い出なんて吐き気がする。わたしは人生を変えたい、女乞食みたいに暮らしていたくない。」

クセニアはまだ婚約者や結婚のことを口にしていなかった。しかし、その顔の上には彼女の決意を読み取ることができた。クセニアが人生をもくろみ、予めすべてを決めていたことは明らかだった。自分の運を邪魔する者を、クセニアはきっとただではおかないだろう。

客間《サロン》の会話

コタンタン通りの客間はそれほど広くはなかったが、毎月第一日曜日の十二時半には、親戚、友人、つかの間の知り合いなど、アレクサンドル・ブランが昼食と午後の時間を過すために招待した訪問客で一杯になるのだった。それはエテルの父親である彼にとって欠かすべからざる儀式であった。その集会は姪を疲れさせるし、高くつくと言って批判するソリマン氏に、アレクサンドルは、「おじさま、このような社交生活なしに弁護士は成り立ちません、それは弁護士の狩猟場なのですから。」と反駁したものだ。ソリマン氏は肩を竦めていた。モーリシャスからやって来たとき、アレクサンドルは確かに法律の学位を修めはしたものの、それに関わることは何もしていなかった。彼は法廷で弁護したことがなく、実業に携わるだけで、漠然とした計画や、倒産した会社の分け前と株の買い入れに遺産を投資していた。もっともアレクサンドルは芸術家であり、優れた歌手、優れた音楽家であり、弁が立ち、カイゼル髭と豊かな黒髪、青い目と長身の持ち主として威厳があったので、日曜日の集会はいつも活況を呈していた。妻のジュスティーヌは夫をとても愛していたので、彼女につらい思いをさせないために、ソリマン氏は人前で批判を述べることは慎んでいた。ソリマン氏は体調不良や、用事や、あるいはただの不都合を口実に、客間の集会を避けるだけだった。アレクサンドルにはお見通しだったが、彼はそれでおろおろさせられるような男ではなかった。義理のおじとは、距離のある、礼儀正しい、ちょっと皮肉な関係を保ち、アレクサンドル流の異国風のやり方と、機嫌の良さと、とりわけクレオール語訛りが、その関係をさほど悲劇的でないものにしていた。

エテルはこの集会の雰囲気に慣れ親しんでおり、それは彼女の家族生活、子供時代の背景の一部になっていた。小さかった頃、エテルは昼食を急いで済ますと、父が接待客と議論するために革の肘掛け椅子に腰掛けている間、その膝の上にあがりこんで、午後の一番長い時間を過した。そんなとき父は、小さな機械を使って自分で巻いた紙巻煙草を次から次へと吸うのだった。エテルは黒いタバコの葉を幾摘まみか取り、ローラーの間のゴムバンドの上に詰め、それから Job 商標の紙の端を念入りに舐める、という特権を授かっていた――それらはすべて、母親のあえて何も言わないが咎めるような目つきと、たまに客たちが言う、「いずれお嬢さんがジョルジュ・サンドやローザ・ボヌールのようにパイプを吹かすようになっても、驚くべきではありませんな！」という皮肉の下になされていた。そんな時、アレクサンドルは平然としてこう言い返すのだった、「そのどこがいけませんか？　現にズボンを履いて、葉巻を吹かしている借家人の女性がおりますがね！」マドモアゼル・ドゥクー、変わり者のことである。庭の向こう側にある、コタンタン通りの一階のアトリエで、マドモアゼル・ドゥクーはおもに犬や猫といった動物の姿を石に彫っていた。彼女の振る舞いと、身なりと、煙草の煙でいっぱいの部屋は、その界隈の多くの人々の顰蹙を買っていたが、それでも彼女は快活で優しかったので、ソリマン氏は、たとえ家賃の支払いが滞ることがあっても、喜んで彼女に部屋を貸していた。たまにソリマン氏はマドモアゼル・ドゥクーのアトリエを訪ねるのにエテルを連れて行った。ガラスの壁から来る仄かな陽射しに照らされた大きな部屋の中で、エテルは、それぞれのポーズを取っている動物たち、待ち伏せていたり、眠っていたりする猫たち、吠えまくっている犬たち、坐っている犬たち、前足をまっすぐに置き、厳かな姿勢で頭をもたげている犬たちの真ん中を歩き回った。彫像の間では、影たちがすばやく動き回り、走って隅っこに隠れ、後ろからエテルのふくらはぎにそっと触れてきたが、それはマドモアゼル・ドゥクーの生きている方の動物たちの一部で、特に彼女が拾ってきて、育て、誰か欲しがる人にやるための野良猫たちであった。

小さかった頃、エテルは会話の流れを聞きながら、父の膝の上で眠りこむのが大好きだった。アレクサンドルがお気に入りの肘掛け椅子は、ゆったりとして奥行きがあり、赤紫色の革がアレクサンドルのツイードの上着とズボンとで擦れてテカテカになり、煙草と料理のにおいと、彼が昼食後に飲むのを好んだコニャックとが混じりあった、甘くてちょっとむかむかするにおいが染みこんでいた。さまざまな声による話の切れ端が飛び交っていた。突然の大きな声、上ったり下がったりするモーリシャス訛りの音楽、アレクサンドルの低い声、ポーリーヌおば、ウィレルミーヌおば、ミルーおばら、女たちの甲高くて抑揚のある声。

「…青い目、ブロンドの髪…」
「あなた、…は確かですわ」
「う・そ・で・しょう！」
「おやおや、なんてこと！」

遅かれ早かれ、会話は脇に逸れていった。それは変わるところがなかった。エテルは、ずばりどの瞬間に会話が成り行きまかせになるのかを言うことができたくらいだ。それは秘密の合図のようなものに沿っていた。アレクサンドルは自分の皿を脇へ押しやっていたが、そこには浜辺の大潮のときの水際の線によく似たオレンジ色のカレーの汁跡が残っていた。青菜《ブレッド》と穀粒の残りが潮に置き去りにされた海草そっくりだった。

エテルが大きくなり、眠りこむために父の膝の上に乗らなくなってからも、彼女はうとうとするようなこの昼食後のひとときが大好きだった。エテルは父の椅子に自分の椅子を近づけると、煙草のつんとくる甘いにおいを嗅ぎ、父が、大きな家や、庭や、ヴァラングの下の夕べといった、すべてがまだ存在していた頃の、向こうの、あの島での昔話をするのに耳を傾けるのだった。

「あれは年寄りのヤヤだったなあ、ミルー、憶えてるかい？　ミス・ブリッグスの学校から帰ってきたとき、ぼくらは死ぬほど腹ペコで、ヤヤの庭からマンゴーの実を頂戴してきて食べただろう、するとヤヤのやつ、ぼくらが食べたマンゴーの種を取っておいて、その種をぼくらに投げつけてきたっけなあ！」　笑いが起こり、おばたちは口々に何か言うのだった。とりわけアレクサンドルの妹で、他のおばたちがブロンドであるのに彼女だけは黒髪で、緑色の目の中で瞳孔が泳ぎ回る、みんなから意地悪だと言われているミルーが、「ノワイヨー・キリよ！」と言うと、他のみんなもくっくと笑いながら、「ノワイヨー・キリ！」を繰り返した。それはアレクサンドルのお気に入りの諺だった。『マング・リ・グー、ソ・ノワイヨー・キリ』、マンゴーはうまい、でもその種はどうなんだい？

なぜソリマン氏はこうしたすべてのことと無関係でいたのだろう？　彼は舫い綱を切り放し、十八歳で島を離れると、もう二度と島には戻らなかった。ソリマン氏は同郷人たちを軽蔑し、彼らのことを狭量で、噂好きで、面白くない人たちと見なしていた。ある日、エテルは、「おじいちゃん（彼女は大おじをこのように呼び、〝ヴー〟《あなた》で話すことを好んだ）、どうしてモーリシャス島を離れたの？　向こうはきれいなところじゃないの？」と訊ねた。ソリマン氏はそんなことは一度も考えたことがないというふうに、当惑してエテルを見た。それからただ、「小さな国、つまらん人間たちだ。」と言った。しかし、どんなふうにかは一切説明しなかった。

話し声は高くなったり、低くなったりしていた。土地の名前が鳴り響いていた、ローズ・ヒル、ボー・バッサン、ラヴァンチュール、リッ・ション・オー、バラクラヴァ、マエブール、モカ、ミニッシー、グラン・バッサン、トゥルー・オ・ビッシュ、レ・ザムレット、エベンヌ、ヴィユ・キャトル・ボルヌ、カン・ウォロフ、カルティエ・ミリテール。人々の名前も同様に、テヴナン、マラール、エレオノール・ベケル、オディール・デュ・ジャルダン、マドレーヌ・パスロ、セリーヌ、エティエネット、アントワネット、そして男たちの渾名、ディロ・カナル、グロ・カス、フェール・ゾリ、フェール・ブラン、グール・パヴェ、トントン《おじさん》・ジズ、リシアン、ラロ、ラマン、ラモック、ナ＝ク＝レ＝ゾ《ガリガリ君》。


よそ者たちは疎外感を感じていた。よそ者たち、それはソリマン家の一族の者たちであるエテルの母方のおじ、おば、従兄弟や従姉妹たちのことで、数の上でいつも劣勢であり、ブラン家の一族、あの大声で喋り、開けっぴろげに笑い、ユーモアと悪口の才があり、団結すればたとえパリ人であろうと、どんな饒舌家にも対抗できるモーリシャス人たちに完璧に圧倒されていた。

そのうえアレクサンドルは、いつも都会人を公然と軽蔑して憚らず、「生まれつき利口なパリ人は、」と言うと、かならず、「最低の愚か者だ。」と止めを刺すのがつねだった。

たまにだけ来る者たちもいた。彼らの中に、禿頭で肌が黄色く、目が真っ黒な、エテルがすぐ嫌いになった小男がいた。この男の職業は何だったのだろう？　さだかではなかった。ある日、エテルは父に訊ねた。「実業家だよ。」と父は言った。そして、それでは言い足りないとでもいうように、「現代の冒険家さ。証券取引所に勤めている。」と付け加えた。

クロディウス・タロンは間違いなくアレクサンドルよりも支配権を握っていた。彼は何にでも答え、誰のことでも知っており、自分は政界と財界に支持者がいるのだと言い張っていた。だが、エテルがこの男を憎んでいたのは、彼の意見や主張のせいではなかった。エテルが一人で廊下にいたある日、タロンが身をかがめ、耳のすぐそばで生ぬるい息をし、首筋にそっと触れてきたのである。エテルは十三歳で、その小男の指骨の背が、まるで絞め殺す方法を考えているかのように、首とうなじに触れている間、その場に自分を凍りつかせたあの恐怖を忘れはしなかった。エテルは急いで立ち去り、自分の部屋に閉じこもったが、何も言わずに、父親が客たちの前で、「娘はあまり気分がすぐれないのです、難しい年頃でして…」と弁解しているところを想像するのだった。

エテルが大好きだったのは、ローラン・フェルドという名前の青年で、ときどきブラン家を訪ねに来る女の子のように可愛らしい赤い巻き毛のイギリス人だった。エテルは家族の一員であると思い込んだほど、昔から彼を知っているという気がしていた。話をするにつれ、ローラン・フェルドはただの友だちで、というより、アレクサンドルがレユニオン島で知り合った幼なじみ、フェルド医師の息子であることがわかった。歌うような訛りはもう失われ、態度や服の趣味にイギリス風が身につき、それがコタンタン通りの客間の中で目立ってはいたが、ローランもまた島国の出身であった。エテルは彼の内気なところ、控え目なところ、機嫌の良いところが好きだった。ローランが客間に入ってくると、エテルはその顔を取り巻いているあの赤い光の暈のようなものを目にし、なぜなのかは言えないまでも、そこから喜びを感じるのだった。エテルはローランのそばに来て座り、イギリスでの暮らしのことや、法律の勉強のことや、趣味《ホビー》や、好きな音楽や、読んだ本のことなどについて訊ねた。エテルはローランが煙草を吸わないことに感心していた。だがおそらく、この若者のうちで一番エテルの心を動かしたのは、彼にはもう父も母もいなかったということであろう。母親はローランが生まれたときに亡くなり、父親は彼が十歳くらいのときに病気で他界していた。エディスという姉が一人おり、それから両親が死んだときに、彼らを育て、学費を払ったのは、彼らのおばのレオノーラだった。ローランがパリに来たときに下宿していたのが、カルティエ・ラタンにあるこのおばの家であった。エテルは本当の家族もなく、独りロンドンで暮らしている若いローランを想像し、彼が兄であっても不思議ではなく、彼に感心し、彼を支え、彼に自分の生活を話し、彼となら自分の孤独を分かち合えたかもしれないのに、と想像していた。それはまたエテルにとっては、両親から、父と母の間で高まっていた緊張、諍い、冷戦から逃れる方法でもあった。

　エテルがとても小さかったときから、ジュスティーヌとアレクサンドルの間はすでにあまりうまくいっていなかった。ある日、いつもの両親の喧嘩の後、エテルは目に涙を溜めて抗議し、「どうして弟か妹を生んでくれなかったの？　あなたたちが年寄りになったら、わたしは誰と話すのよ！」と叫んだ。エテルは憶えていた、そう、両親の恥じ入った表情を。それから彼らはもうそのことを思わなくなり、すべては以前のように続き、エテルがそれを繰り返すこともう二度となかった。

会話の調子がどことなく変わった。それともエテルが突然、思春期に入り、ブラン家の客間で話されていることにより注意深くなったのか？　声の調子は堅くなり、きつくなったような気がした。アレクサンドルはいつも、パリが焼き討ちに遭い、ブルジョワや地主が辻の街灯で吊るし首になるという、アナーキストの革命、グラン・スワールが起きるという考えに偏執していた。だがそれ自体は、エテルの記憶のかぎりでは、家族の中の冗談の種だった。父は退屈したり、母と言い争ったりした後、エテルの部屋のドアを叩くと、「支度しなさい、明日は田舎の家に行くぞ、グラン・スワールが起きるから。」と言うのだった。「でも、パパ、学校は？」とエテルが逆らおうとすると、「焼き討ちに遭うっていうのに、パリになんぞいられるか。」と父のほうはにべもなかった。二人はいつも同じ場所へ、父がラ・フェルテ＝アレにある森のそばに一年契約で借りている小さな田舎の別荘に出かけた。そして飛行機が飛ぶのを見に行くのだった。その別荘の庭で、ビジャールさんという土地の大工に手伝ってもらい、翼のついた飛行船の模型を組み立てたのだが、父いわく、それは最終的に飛行機に代わるものだそうだった。「戯言《たわごと》だね、」エテルが父の計画を話したある日、ソリマン氏はこう呟いた、「そうやって、働く代わりに暇を潰しているのだ。」エテルはもう二度とその話をしなかった。それでも父と手をつないで飛行場へ行き、動かないプロペラと上向きの羽根を持つ、あの奇妙なマシンの間の泥の中を歩くのが大好きだった。エテルはそれらの名前を全部知っていた。ラテコエール、ブルゲ、ホッチキス、パルロン、ヴォワザン、アンバー、ライヤン、ファーマン。ある日父と一緒に、エテルはエレーヌ・ブシェ*4が操縦するコドゥロン＝ルノーを見た。それはエレーヌ・ブシェが死ぬ数ヶ月前、一九三四年の六月か七月だった。鮫の鼻面と短い羽根と、たった一枚のアルミニウムのプロペラだけの、途轍もなく大きく見えた飛行機。エテルはエレーヌに会い、彼女のようになることを夢見たものだ。父は微笑んだ。「オルリー空港に行ってエレーヌ・ブシェが飛ぶのを見よう、約束だ。」しかし、おそらく時間がなかったのだろう、とうとうそこへ行くことはなかった。

まるで終わらせることを急ぐかのように、みんなは焦りのようなものを感じていた。だが何を終わらせることを急いでいたのか？　エテルは大人たちが話をし、口論するのを聞いていた。それは食事の後、メイドのイダが食卓を片付けた後に行なわれた。アレクサンドルは芝居のようなかたちで討論を組織していた。一方はモーリシャス人とレユニオン人、他方は外国人、パリ人、またはパリに染まっている人たち。問題は時事を対象としていたが、すぐに話は逸れてしまい、個性、イデオロギー、信条表明の対立になってしまった。エテルには全部書き残しておきたいと思うほど、それらは馬鹿げていて滑稽に感じられた。

「ケレンスキー*5はそのことを把握していました。彼はそれを言いましたが、しかし誰も聞いてはいない。ケレンスキーは事情に通じています。ボルシェヴィキが実権を握ったとき、彼はそこにいたのですから。」

「革命はやむをえなかった。でもケレンスキーだけが何かを成し遂げたわけだ、獣を手懐《なず》けることをね。彼らのミラボー*6さ。」

「ええ、でもミラボーたちに何が起きたかはご承知のとおり。」

「もちろん、みんなはケレンスキーを見捨てて、そこから手を引いた。ロカルノ*7のように。」

ざわめきが起こり、みんなは同時に叫び声を上げていた。続く分厚い沈黙。エテルは、より中立な態度を取り戻そうとしている母を見ていた。母はこう沈黙を破っていた、「…わたくしは、わたくしが心配なのは、むしろ現在のことですわ、生活費とか、物価の上昇とか。」するとすぐタロンに真っ向から反対されてしまった、「物価の上昇、そんなものは心配じゃありません、経済的に良いしるしですよ、奥さん。実は、心配しなければならないのは、デフレーション、生活費の減少の方です。お買物をなさるとき、籠の中身を覗いてご覧なさい、もし果物や野菜や肉が増えているのに同じ値段だったら、それは喜ぶのではなく、心配するときなんですよ。」

　そこへ、ルアール大佐、ルメルシエ将軍夫人、そして他の全員が反対を叫んでいた。「何もかも値上がりだ！」と言う者たちもいれば、景気の変動、平価切下げの心配、失業を嘆く者たちもいた。場が静まると、ポーリーヌおばが言葉を継いだ、「だから、今は買い時なのよ。コート・ダジュールじゃ、駅のそばにある高級地区の有名ホテルが二束三文で売られているらしいわ！」

「そう、コート・ダジュール、『オ・ゼクート』[*8]紙の挿絵をご覧になりました？　記者がホテルの主人に、『今シーズンはいかがですか？』と訊ねると、主人はこう答えるんですの、『捗々《はかばか》しくありませんな。仕方ないですよ、お得意様がみな監獄にいるんですから！』」とジュスティーヌ。

　だが、それは一つの笑いも誘わなかった。エテルがヒトラーという名の発音を耳にしたのは、ほぼこの頃である。初め、彼らはアリスティード・ブリアン[*9]とかピエール・ラヴァル[*10]とか言うように、アドルフ・ヒトラーと言っていた。時々シュマンが、首相とかドイツ国家元首とまで言うのにもエテルは気がついた。それから少しずつ、たぶん彼が権力の座につき、世界的に知られる顔になるにつれ、彼らはただ、「ヒトラー」と言うようになった。時々シュマンが、あるいはルアール大佐が、そしてその妻で、大佐夫人と呼ばれている、いかつい顔立ちにヴェールのついた帽子を被った背の高い女性までも、「フューラー《総統》」と言い、「fureur《激怒》」のように発音したので、エテルはこの言葉はドイツ語でも同じ意味なのかしら、と首を傾げた。

「ヒトラーが…言いました。」「ヒトラーが…しました。」ある晩、ジュスティーヌが客間のラジオ受信機をつけると、甲高く、少し嗄れた、あの奇妙な声が聞こえてきた。その声は演説をしており、時々拍手の音や雑音にかき消され、よくは聞き取れなかった。エテルが耳を傾けようと立ち止まっていると、「ヒトラーよ。」と母は言った。それから、「嫌ね、この声、ぞっとするわ…。」と続けたので、アレクサンドルはちょっと冷ややかに笑った。別の誰かのような声、とエテルは思い、その声は奇妙なほどシュマンの声に似ているとさえ思った。

後に、すべてが消え失せたとき、エテルは両親の客間の、この日曜日の午後のことを思い出そうとするだろう。そして今のこの静けさが、あの集会のざわめき、おばたちの叫び声、笑い声、コーヒーカップをカチャカチャ鳴らす小さなスプーンの音、そしてアレクサンドルによって催され、会話に彩りを添えていた「音楽のひととき」までも、より鮮やかに甦らせることになる。シューマンのソナタ、シューベルト、グリーグ、マスネ、リムスキー＝コルサコフの曲。エテルはこれらの余興を今か今かと待ち、ピアノの前に座り、父のフルートや歌の伴奏をしたものだった。アレクサンドル・ブランは美しいバリトンの声の持ち主で、彼が歌うと、そのモーリシャス訛りはうすれ、音楽の中に溶けて、エテルは故郷の島、貿易風に揺れる椰子の葉、暗礁の上の波音、サトウキビ畑の縁で鳴くバライロムクドリやキジバトの歌を思い浮かべることができるのだった。沈める寺は沖合いに、おそらくトンボー湾に沈める戦艦となり、聞こえてくる鐘の音は、船乗りの亡霊が十五分ごとに鳴らす、甲板の上の鐘の音であった。一度か二度、エテルの子供時代に、美しいモードが、ブルーグレーか漆黒の輝かしいドレスを纏い、大きな黄金の耳飾りをつけ、噂によると、こめかみの皮膚を引っ張るための小さなクリップをその中に隠しているという、あの豊かな赤毛の後光に包まれて、二つの歌曲の合間に出演したことがあった。『アイーダ』[*11]や『イフィジェニー』[*12]の歌曲をうたうモードの声は綺麗だったが、その活躍はすでに衰え、もうパリ以外の劇場にしか立てなくなり、その帳尻を合わせるために、舞台衣装のための裁縫室で働いているのだった。エテルはずいぶん幼いときから、父の人生を占めているモードの地位のことを理解していた。それはエテルが生まれる前の時代に遡るのだが、その物語の余波は未だに続いていた。波風が立ち、嵐にさえなり、両親の婚姻の船は幾度も沈みかけた。それから時はすべてを油膜で覆い、ただつかの間のわずかな戦ぎが、その滑らかな表面を、まだかろうじて漣《さざなみ》立てることができるだけだった。モードは何年間か行方を晦《くら》まし、エテルは、モードとある銀行家との恋や、旅の噂を耳にした。そして何の予告もなくモードがブラン家の客間に入ってきたとき、一瞬、皆は呆然となった。エテルは胸をどきどきさせ、たとえその声が高すぎる音のところで「フラット」してしまおうが、切れ切れになろうが、モードの高くて繊細な声を期待してしまうのだった。アレクサンドル・ブランは、ある種の暗黙の了解で、公衆の面前でモードとともに歌うことは一度たりともなかった。

毎晩、エテルは夢中になって、手帖のページに会話のやり取りを書き写していた。まるでそれらが決して忘れてはならない、もっとも重要な言葉でもあるかのように。

客間の会話

「敵、敵を間違えるなかれ、それはここ、内側に、われわれの壁の中にいる。」

「内部の敵ですか、国粋主義右翼の古めかしいせりふですな。」（笑）

「どうぞお笑いなさい、あと何年かしたら、ロシアで起こったことがあなた方にも起こりますぞ、そのときはロンドンの荷車引きか、オーストラリアの娘たちの住み込み家政婦ですぞ！」

「オーストラリアなら望むところだわ（ポーリーヌ）、ただありのままであれ、っていう唯一の新しい国だもの。」

「わたしが憧れるのは、カナダ、雪、森（ママ）。」

「ぼくには寒すぎるな（パパ）。」

「モーリシャスへ戻るのはどう？」

「まさか！　パリの味を知ってしまうとね。」

「パリは幻想の町です（シュマン）。」

「ペテン師たちの町さ（パパ）。」

「しかし敵はですね、やはり理解するべきだ、やつらはあなた方の窓の下を行進し、サマリテーヌとかギャルリー・ラファイエットとかの百貨店にいたるまでストライキを組織する。爆破、妨害、活動停止、それがモスクワの合い言葉ですから。」

「それは話が逆ですよ、きみ。世界規模の問題だということを忘れていますね。三一年はポンドで始まり、今やドルは数時間で四一パーセントの下落です。」

「そう、アメリカ人たちはね、でもご存知ですか、かれらは自分たちのドルでやりたい放題やっていますよ。自分たちの都合に合わせて、平価切下げにする！（タロン）」

「もう、いつもお金の話ばっかり！（ポーリーヌ）銀行家たちと一緒にいるみたいじゃない？ほんとうに他の話ができませんこと？」

「そうですわ（ルメルシエ将軍夫人）、大佐とは自動車の話をしましょう、彼の興味はそこにしかないんだから、小型プジョー、マティス、リコルヌⅡ馬力、それともヴィヴァ・シックスかしら？」

「ぼくはね、フォードＶ８が大好きなんだ、強靱な車さ（パパ）。」

「ええ、でも高くつくわ、それに来年石油があるかどうかもわからない（ママ）。わたしたちはここに熱送風式の可燃性ボイラを取り付けたので、もし石油がなくなったとしてもゴミを燃やすことにしますの。」

「なんて恐ろしいこと（ルメルシエ将軍夫人）、匂いを想像してごらんあそばせ。」

「あらまあ、平気よ、蒸気に匂いはないじゃありませんか（ミルー）。」

「金にも匂いがない。」

「いずれにせよ、今度戦争になったら、お宅のボイラに入れるものはもう何もないでしょうな。」

「戦争だなんて（ポーリーヌ）、結局、いつも戦争の話題に戻るなんて悪い癖よ、わたしはね、戦争はぜったいに起こらないと思っていますわ、ドイツ人はもう金輪際、二度目の敗北を喫するような賭けはいたしませんよ。」

「でもドイツ人だけじゃないわ（ミルー）、イタリアもスペインもいるわよ。」

「日本は中国で始めたじゃない、上海の事件をご覧になった？」

「ええ、でも日本人が覆したいのは、ヨーロッパの利益ですよ、かれらはすでにそれを始めています。」

「というのは、あなたが黄色人種なんかに関心があるからでしょう？（ルメルシエ将軍夫人）」

「わたしも戦争は信じませんな（シュマン）、そんなものはみな、共産主義者たちの陰謀です、ムッソリーニはこう繰り返し言っていました、フランスに手を出すことは決してないだろうとね、彼はエチオピアで、ヒトラーはズデーテン山地でやることがたくさんある、ええ、戦争へ駆り立てるやつらをわれわれは知っています、それが誰の利益になるのかを想像するだけで十分です。」

それはたった一日のように、いつも同じであった。議論のざわめきは膨らみ、大きな室内に反響し、みんなが一度に話していた。ジュスティーヌ、ポーリーヌ、ミルーは歌うような声で、そしてアレクサンドル、それから招待客のルメルシエ将軍夫人、ルアール大佐、モレル、ピアノの女教師オディール・セヴリーヌ、そして廊下での一件以来、エテルを見ることを避けている、いつも我慢のならないクロディウス・タロン。エテルの方は決まって部屋の反対の端に身を置き、ローラン・フェルドがいるときは、その隣にいた。エテルはこの青年が会話に加わらないことに感謝していた。彼は背筋を伸ばして椅子に座り続け、ときどきエテルは、彼の横顔、小さい鼻、まん丸な顎、そして彼を女の子のように見せ、その顔をまるで感激しているように熱っぽくて鮮やかな薔薇色に輝かせている赤い巻き毛の髪をちらっと見ていた。ローランは『アクシオン・フランセーズ[*13]』の愛読者であるタロンが、よそ者を非難し、彼らを国土から追放することや、憲兵隊がスペイン人亡命者を逮捕し、直ちにフランコ派勢力に引き渡すよう主張するときも、眉間に軽く皺を寄せるだけで、決してその挑発に乗ることはなかった。

　ローラン・フェルドはどんなときでも友だちだった。彼は規則正しくやって来て、スマートで上品で、エテルがパリですれ違う若者たちとはまったく違い、不思議なくらい風変わりな青年だった。たった一度、ローランは客間で発言をした。タロンがいつものくだらない雑誌を振りかざしながら、イギリスをこう腐したからである、「裏切り者の国、ヤクザの手下、売国奴め、戦争へ駆り立てるのはやつらです、ご心配なく、やつらは自分たちの商売を成功させるためにフランス人を激戦地に送るでしょう、『フランスじゃ、鋼の戦車を持っている、ロンドンシティじゃ、鋼の金庫を持っている』と言われているじゃないですか！」ローランのみずみずしい頬は、みるみる火事の照り返しのように、その髪の色と同じになった。彼は憤慨して唾を飛ばした。「失礼ですが、あなたはご自分の言っていることがわかっていない、失礼ですが——そのような、そのようなことは承知できません、恥知らずです、イギリスはぼくたちの唯一の同盟国に決まっています、フランスを見捨てるわけがありません！」騒ぎは言葉にできないほどになった。みんなが同時に何か言い、その喧騒の上に、タロンの甲高い声、尻上がりのハッタリ屋の声が鳴り響いた、「おーいおい、しかし、あなたは世間知らずですな、哀れなお若いの、まったくの世間知らずだ、さもなきゃ忘れたふりをしている…」アレクサンドルは肘掛け椅子にどっかりと腰かけ、煙草を吸い、この喧騒の中で見るからに寛いだ様子で、ちょっと間延びした低い声であたりを制した、「さあさあ、イギリスの話は止めにしましょう、モーリシャスではこの大国について分裂した感情を抱いていることをよくご存知でしょう…。」

「そうでなけりゃ忘れてるんだ、あなたは、」と、爪先立ちになってタロンは続けたが、もうローラン・フェルドに向かってではなく、出席者全員に証人を求めていた、「敵がわれわれを皆殺しにしていたときに援軍を送らなかった、先の戦争でイギリスが演じた憎き役割を。」ミルーおばはイギリスが標的になることにはつねに賛成で、彼女はモーリシャスの母国フランスへの復帰を推奨する党を支持するために、返還を訴える者たちのクラブをパリに創設することまでしていた。「そこよ、覚えておくべきなのは、ねえ、あなた、チャーチルの政策ははっきりしないし、チェンバレンのはなおさらよ。それにボルシェヴィスムがやって来たのはロンドンからってこと、お忘れにならないでちょうだい。」

「いつも同じ寓話ですな、栗は火中にある、そしてそれを拾わなきゃならないのは、われわれなのです。」とタロン。ローラン・フェルドはそれ以上口をさし挟むことができなかった。彼はアレクサンドルが反論に出たにもかかわらず、出て行こうとして席を立った。ローランはエテルの方に身をかがめると彼女に話しかけたが、それはただ一人話のわかる人へ言うかのようだったので、エテルは初めて子供時代から抜け出したような気がした。「聞いてはいけませんよ、お嬢さん。イギリスは偉大な国だ、永久にフランスの同盟国です、ドイツの邪悪な体制を絶対に受け入れたりなどするものですか。」だが、どよめきは鎮まっていた。それがさほど長く続くことも決してなかったが。エテルはローランの手を取り、二人は庭の空気を吸いに外へ出た。カップからは紅茶が湯気を立て、小さなスプーンが磁器にあたってカチャカチャと鳴り、大きなガラス張りの部屋の中では、ポーリーヌが用意したシナモンケーキのにおいが煙草と葉巻の煙に混ざり合っていた。すべてはざわめき、ただのざわめきだった。べつに大したことではなかった。

出来事が相次いで起こった。エテルは後にそれについて考えながら、事の成り行きがまったく見えていなかったことに気づくことになる。それは歯車の連動だった。誰にも止められないような、ある装置が作動してしまったのである。それは一九三四年の終わりのソリマン氏の死から始まった。エテルは人から聞かされた大おじの最期についての話を憶えている。メイドのイダがその前日、夕食の支度をしていて、ソリマン氏は疲労と頭痛を訴えていた。夜明けに、イダはソリマン氏が黒っぽい灰色の三つ揃いを着、靴墨で磨かれた靴を履き、痩せた首にネクタイを結んでベッドに横たわっているのを見た。その様子がとても静かで上品だったので、イダは彼が眠っているのかと思ったが、その手に触るとすでに死んでいる冷たさを感じた。葬儀は三日後にサン＝フィリップ＝デュ＝ルール教会で行なわれた。サミュエル・ソリマンはそれほど熱心な信者ではなかったが、礼儀をきちんと弁《わきま》えており、目に付くように暖炉の大理石の上に、指示書きと、モンパルナスの墓地の墓の番号と、葬式代を司祭に払うための小切手を入れた封筒を残していた。

エテルには、柩の蓋が閉まる前に最後の別れをする権利があった。「行きなさい、あなたは最後にお別れのキスができるのよ、あんなに愛されていたのだから！」母はエテルを押したが、エテルは立ち止まって抵抗した。嫌だったのだ。結局、エテルは目をそむけると、顔を隠してさっさと部屋を出ていった。そして廊下の、参列者たちが名刺を置くために黒布で覆った小さな台の前に居続けた。それはみな下手な芝居のように見えた。後に、そんなふうにエテルは最後の別れができないほど動揺していたのだと、母がその場面を語るのを彼女は耳にすることになる。しかし、そのときほど涙と無縁なときはなかったのだ。

エテルはクセニアにその話をしなかった。サミュエル・ソリマンの死、それはシャヴィロフ伯爵の死に較べれば取るに足りないものだった。エテルはある日、ロマノフ家の最期について、どのようにして彼らが地下室で左翼に銃殺されたかについて、人々が噂するのを耳にした。しかしエテルはクセニアが泣かなかったこと、決して泣いたりしなかったということを確信していた。クセニアの青い目には何か冷酷なもの、冷酷で痛ましいものがあった。クセニアは本物のヒロインだった。

未成年の娘の相続財産を譲渡するという許可証を作るために、アレクサンドルが公証人のところにエテルを連れて行くまで、それほど時間はかからなかった。

ボンディ先生は風刺画的《カリカチュア》な人物だった。のっぺりとした美男子で、過剰なほど礼儀正しく、見事なカイゼル髭を生やしていたが、その毛を黒く染めた跡があるのが、エテルの鋭くなった目にははっきりと見えていた。アレクサンドル・ブランは尋常でないほど神経を昂ぶらせており、それは彼のなかでお喋りの洪水となって現れ、クレオール訛りがそれを何となく滑稽なものにしていた。アレクサンドルはエテルに何の説明もしなかったが、その晩、エテルは両親の寝室から聞こえてくる突然の大声と、扉がバタンと閉まる音、夜の静けさの中の啜り泣きのようなものさえ耳にした。次の日、母とだけ居合わせた昼の食卓で、エテルは説明を求めるように母の顔を執拗に見つめたが、母は視線を逸らした。その顔は蒼ざめ、唇の端に苦渋の皺を軽く寄せており、相変わらず美しかった。「ギリシャ彫刻の顔」と、アレクサンドルが褒め称えていた顔だった。

公証人は、アレクサンドル・ブランを机の正面の肘掛け椅子に、それからエテルを少し引っ込んだところにある椅子に座らせた。彼自身は立ったまま、まるで嫌な仕事をできるだけ早く片付けようとするように、話し相手の方に書類の束を押しやっていた。「もちろん、お父様からは聞いているのでしょうね?」公証人はアレクサンドルを見ながら、物珍しげにエテルに声をかけたので、アレクサンドルが彼に答えるかたちになった。「つまり、実のところはまだでして、しかしこの子の母親とわたくしとは手続きを簡単にしなければならないと思いまして、それにこの子の歳を考えると…。」ボンディ先生は仰せの通りとばかりに続けた、「もちろんでございますとも、しかし、やはり必要なのは…。」彼は言葉を探していた。アレクサンドルは待ち切れずに、「おまえさん。」と娘に言った。そしてエテルの手を取り、彼女に目を向けようとしたが、首のこわばりが――ネクタイをきつく締めすぎている取り付け襟が――振り向くことを妨げていた。エテルは父の横顔を見ていた。彼女は、父の鼻筋、口髭と顎髭、そして真っ黒なふさふさの髪――父の方は銀の筋を隠すために染める必要がなかった――がとても好きで、マスカット銃兵のような、あるいはシュルクフ[*14]の時代の海賊のような父の横顔をしばしば絵に描いていた。「おまえには話さなかったが、大おじさまがどれだけおまえを愛していたか、わかっているだろう、おまえは大おじさまにとっては孫娘のようなもので、おまえに遺産の多くを残すことをいつも願っていた、しかしそれはおまえの歳の子供にはとても荷が重いものだ…。」

それからボンディ先生は文書を読み上げはじめた。文体が少し難解で、とくにつっかえつっかえ苦心して読んだので、それはエテルに歴史・地理の教師のこと、その教師について隣の席のジゼル・アムランが、「やれやれ、プジョル先生がしゃべると唾が飛ぶ。」と言っていたことを思い出させた。エテルは、その敷地にあらゆる建築を許可するための、そして計画を実行するのに必要な借金をすべて出資するための遺産も含め、その遺産を管理し、運用し、売却する全権利を彼女の父親に与えるという、その文書の意味をとらえた。書式に曖昧さはなかったが、にもかかわらずエテルはその瞬間、父が薄紫の家の工事を続けることにしたのだと思い込んだこと、そして幸せの波が押し寄せるのを感じたことを、後に思い起こすことになる。

公証人はぼそぼそ言うのを止め、アレクサンドルが読み返し、頁の下にイニシャルを記し、署名できるように書類を差し出すと、そのあと彼らは別の話をした。借金や銀行手形の件、それに国際政治の状況についてだったのだろうが、エテルは上の空だった。エテルは公証人の事務所から、役所の書類でいっぱいのこの事務所の息苦しい雰囲気から出て行きたくてたまらず、この男の存在と、その口髭と、黒い目と、言葉と、唾から逃れたくて仕方がなかった。エテルは学校の前でクセニアと待ち合わせていたので、何が起きたのかを早くクセニアに話したかったし、庭に出られる大きな窓と、秋の空を映すための水鏡のある、薄紫の家がもうじき地面から現われることを早くクセニアに教えたかった。そこには彼女、クセニアのための部屋があり、もうヴォジラール通りの明かりがない劣悪な建物の一階に、家族全員が同じ部屋の中のマットレスで眠るあの「物置き」に住まなくてもよくなるだろう。

外に出た途端、エテルは父にキスをした。「ありがとう！　ありがとう！」父は他の事を考えているように、途方に暮れた様子でエテルを見ていた。父は銀行を訪れ、彼いわく、独身者の昼食を取るために、モンパルナスへ行こうとしていた。エテルはマルグラン通りの方へ止まらずに駆けていった。エテルは十五歳にもなっていなかった。そしてすべてを失ったところだった。

客間の会話（続き）

　ある午後、こっそり酒を飲んだのか、それとも何かに苦しんでいたのか、ジュスティーヌが自分を見世物にした。モードが出席していた。モードは相変わらず騒々しく、艶っぽく、注目の的になり、オペレッタやコンサートや今後の予定の話をしながら、まるでこれから巡業に出ようとしている女優ででもあるかのようだった。そして六匹ほどの猫と一緒に、ジャコブ通りの、町のアパートの屋根裏部屋に住んでいると噂されている、孤独で金のないあの老嬢ではありませんとでもいうようだった。ローラン・フェルドは、エテルの横の、ちょっと引っ込んだところにある円形クッションに腰かけていた。こうしたすべてには芝居がかった空気がある、とエテルは思った。虚栄とか、皮肉な現実感のなさとか。

　南京、エリトリア、スペインでは人々が死に、ペルピニャンのそばの難民収容所では、この掃き溜めから解放し、自由を与える、という政府の言葉だけを待っている女たちや子供たちであふれ返っていた。そしてここ、コタンタン通りの、穏やかな春の陽射しに浸かった客間では、言葉のざわめきが安全な巣を、隠れ家を、おめでたい平和惚《ぼ》けの糸を張り巡らせていた。

「ヴィクトル・ユゴーの詩、『てんとう虫』です。」と、ジュスティーヌは発表した。ピアノはウィレルミーヌおばで、まるで国歌を弾くのだといわんばかりに堂々と構えていた。ジュスティーヌは少しフルートに似た澄んだ声と完璧な発声法で、一つひとつの音節を区切り、一つひとつの子音を響かせていた。ジュスティーヌはその歌をはじめて人前で歌うのだった。

あの娘《こ》はいった　何か
変な感じがすると――ぼくは見つけた
彼女の雪のような首筋と――そのうえに
バラ色の小さな虫を！

エテルは頰が紅潮し、ぴりぴりするのを覚えた。誰のことも見ずに、エテルの目はまっすぐ前に据えられていた。今、客間の会話のざわめきは止んでいた。その取り繕うような了解済みの空気、わざとらしいほど慎重を期した物腰、彼らの恐れと恨みとを隠している巧妙な嘘、そうしたすべてはこの若い娘が毛嫌いしているものだった。

まるでそれは――貝殻のよう
バラ色の背に黒の水玉
ぼくらを見ようとムシクイたちが
葉陰から身を乗りだしていた！

それは長くて緩慢だった。ウィレルミーヌおばは、木の中の鳥たちの合唱を真似るためであろう、各四行詩の終わりをトリルで演奏していた。暑くてだるい日で、女たちは扇で煽ぎ――ルメルシエ将軍夫人ときては、ご満悦の様子で、皺の寄った口許をôの形に開けていた。エテルは汗の雫が腋の下の脇腹を刺すのを感じていた。エテルは今や母を瞬きもせずに見つめており、わずかな音程のずれも生じさすまいと、そのかぼそい声の網にしがみついていた。すると突然、滑稽な場面がエテルの頭に浮かんだ。それはエテルの方が母親で、学校の年末コンクールか何かのために自分の娘に付き添っているというものだった。おまけにこの遠まわしで、上品ぶっていて、無意味な詩、このうぬぼれていて、つまらない小唄、回転木馬の飾り立てられたポニーの首で鳴ってるような、せっかちで、ぎくしゃくした、耳障りな鈴音みたいなこれらの言葉。

あのみずみずしい唇はそこ

ぼくはかがんだ——美しい人のうえ
そうして取った——てんとう虫を　だけど　キスは飛んでっちゃった!!

ふたたびトリル、そしてジュスティーヌは、「だけど　キスは飛んでっちゃった!!」を繰り返し、それは笑いでもって迎えられ——将軍夫人ときては折りたたんだ扇で左の掌を叩いて拍手をお送りあそばしていた。

そのとき、この滑稽な場面のさなかに、なぜエテルはモードに憎しみを、胸を高鳴らせるほどの激しい憎しみを抱きはじめたのだろうか？　エテルは耳を傾けるのをやめていたが、母は聴衆の囁きに励まされ、美しい人と、てんとう虫と、飛んでったキスのところを繰り返していた。

「…動物は神さまのもの
でも愚かさは人間のもの！」

聴衆の拍手喝采にともなわれ、最後の節がウィレルミーヌおばの手から、小刻みに、ぎくしゃくと送られた。エテルは気分が悪くなって立ち上がろうとしたが、そのとき、初めから終わりまで平然として聞いていたローラン・フェルドが、急いで走り書きした紙をそっとエテルに渡した。そこには、「神よ、このフランス的狂気の沙汰からわれらを守りたまえ！」とあった。

ローランは真面目くさった様子をしていた。彼は指先で軽く膝を叩いていたが、エテルはその青い目の中におどけた煌きを見て取り、すぐに平静さを取り戻した。痛烈な嘲笑の波がエテルの中を駆け巡った。

タロン「状況は不安定です、誰もそれを気にしていないようだが、しかし大暴落がわれわれを脅かしています、それを防ぐのは今の内閣ではありません。」
アレクサンドル「ふむ、あなたは何だっていつも大げさだ、やれやれ、そうしたことはみんな過去の話だ。」
タロン「ええ、そういうふうに信じ込ませたいのです、小口の投機をする連中はそう信じ込ませるほうが得策ですからね、でも、わたしが言うことを覚えておいてくださ…」
ウィレルミーヌおば「またいつもの大暴落が始まった！」
女性たちの声「そう、そう、ほかの話をしましょうよ！　いつもお金のことじゃなくて！」
シュマン「ブルム[*15]が来たりて金は去る！」
「彼はとっくの昔に去ってるわ！」
「どっちみち、人民戦線ももう長くはないでしょうね。」

タロン「幸いなことに、ヒトラーがドイツからボルシェヴィキを追い払っているところです、しかし、フランスではたぶんもう遅すぎるでしょう。」
ジュスティーヌ「あなた方のヒトラールのことならわかりきってますわ。（ヒトラールじゃなくて、ヒトラーだよ、と訂正する声）どっちだって同じよ！　とても信用する気になれないわ！」
シュマン「アカデミー会員アベル・ボナール[*16]の『ル・プティ・ジュルナル』[*17]の記事をお読みになりましたか？　ボナールはベルリンへ首相に会いに行ったのですが、首相は、自分がフランスで独裁者のように紹介されていることをどれほど残念に思っていることかと言ったそうです。」
アレクサンドル「おやおや！　でなけりゃ彼は何だっていうのかね？」
シュマン「アレクサンドルさん、民衆の体制は拘束の中では存在できません！　ヒトラーは自らボナールに言ったそうです、国民はわたしと共にある、なぜなら国民はわたしが彼らの要求に十分取り組んでおり、国民の魂にわたしが惹かれていることを知っているからだ、と。」
ウィレルミーヌ「国民の魂！　ええ、ええ、ドイツ野郎の魂のことならわかりきってますよ！」
シュマン「もちろんですとも、マダム、ドイツの民衆は偉大で美しい魂の持ち主です、それはあなた方のような音楽家のようなものとは…」
ウィレルミーヌ「ええ、一緒にしないでください！　モーツアルトとシューベルトとヒトラーではうまくいくわけがない！」（笑）

タロン「そうは言っても、あなただってわたしのように新聞雑誌でお読みになったでしょう、ニュルンベルクで『マイスタージンガー』が上演されたときに首相が受けたもてなしのことを。彼は熱烈に歓迎された、パリではありえませんな、現にそう言われていますぅ！」

シュマン「なぜなら、われわれは退廃の途上におりますからな、ドビュッシー、ラヴェル、など。」

エテルは飛び上がって言った、「そうじゃないわ、何もご存知ないのね、ラヴェルは天才よ、それにドビュッシーは…。」エテルは目に涙を溜め、ローラン・フェルドは味方だと言うために彼女の手を握り締めた。

アレクサンドル「まあ、まあ、音楽は口論よりずっといい、政治の話題を続けましょう、そのほうが…軽いから！」（笑）

ポーリーヌ「それでもやっぱり、儲けている人がいるわ、あなた方の首相さんが退廃絵画だと見なしてスイスに送り返した絵の価格をご存知？　ヴラマンクはたった二百スイスフランですって！」

ルメルシエ将軍夫人「そのうえ、お宅のヒトラーは、うーん、何ていうのでしょう…つまりそれはわたくしたちのインチキな政府が犯している過ちに似ていませんこと？　有給休暇、花盛りの工場、ようするに下層民へのお追従ってやつですよ！」
シュマン「首相のおかげで国が変わったと言うべきですな、最近ベルリンに行った知人がいまして、彼が言うところによると、首相の登場以来、ドイツは清潔で快適になったそうです、農場や小さな村にまで、あちらこちらで花が咲き…」
ミルー「天国だって思わせようとしてるのね！」
タロン「しかしですね、彼は百万人の労働者のためにバルト海に海水浴場を開いたのです、社会主義者たちのやったことよりマシだ、ちがいますか？」
ポーリーヌ「バルト海ですって、おおいやだ！（モーリシャス訛りで）おまえさんとこのブルターニュよりひどいにちがいない！」（笑）
アレクサンドル「そりゃあ、リューゲン島*18はニースじゃないさ！　妹はリヴィエラ海岸*19一辺倒なんです。」
ミルー「総統《フューラー》がドイツの労働者をニースへ送り込むことを想像してご覧なさいよ！」
シュマン「とにかく、彼はブルムが有権者に向かって一度も言えなかった言葉を使っています、発展とか、彼が労働者たちに取り戻させた労働の誇りについて、我が国でそんなことを言う政治家が想像できますか！」
将軍夫人「あたりまえでしょ！　彼はもっと多く稼ぐためにより少なく働くことを労働者に求めているのですよ！　有給休暇、海でのヴァカンスなんかで票を買い上げているんですもの！」

シュマン「彼はまたボルシェヴィキや社会主義者たちが一度も口にしなかったことすら言っています、肉体労働者たちに誇りを取り戻させるべきだと、そして彼に言わせれば、一般工員は頭脳的労働を行い、銀行の会計係は機械的労働を行うものなのであると。」
将軍夫人「あら、それはあなたのことじゃない、会計係さん、それを認めますの？」
シュマン「まあ要するに、個人の利益を越えなければならんのです、もっと大きく、もっと世界的な視野で！　わたしが真実を否定するとでもお思いですか？　数字を並べること、それは自動車の装置を丹念に仕上げる労働者の仕事や、意匠を凝らした家具を作る一人の職人よりすぐれたものでも何でもありません。」
アレクサンドル「社会主義者シュマン君、そりゃあんまりだ！」
シュマン「冗談じゃない！　わたしが社会主義者たちの嘘に我慢がならないことくらいご存知でしょう、ロシアのボルシェヴィキの犯罪を！　しかし新たな道を見つけ出す必要はあるでしょう、ボナールが言っているのはそういうことですよ、お読みになるといい！　ほら！」
ポーリーヌ「新たな道ですって！　あなたはそんなことを信じてますの？　あなた方のヒトラーは、失礼ですけど、みんなが聞きたがることを言うような小賢しい人よ、でも何一つできやしないわ。労働者が雇い主に指図する国を想像できますか？　ロシアだって、そんなこと無理だったのよ！　スターリンを御覧なさいな！」
アレクサンドル「ちょっと、ちょっと！　また政治の話かい！」

タロン「とにかく、ドイツはフランスよりも良くなった、持ち直したんです！」
将軍夫人「そうかしら、ドイツ人は戦争の損害を償うためにビタ一文払わなかったじゃないの、また社会主義者たちのプレゼントってわけよ！」
「やれやれ、だめだこりゃ！」
ジュスティーヌ「ドイツでは、バラの花の品種を作ったそうよ、真っ白な。」
「おや、あなた、笑わせないで！（将軍夫人）　ドイツ人は十四年にわたしたちのものを盗んだのですよ、あなた、お若いからご存知ないでしょうけどね、どうしてだか知らないけどドイツ人がフラオと名づけたメルヴェイユ・ド・リヨン、それからドゥースキーだかドルーシーだかっていうのは、我が国のマルメゾンとソレイユ・ドールを全く真似したものなのよ、それでくしゃみが出るような名前をつけて、誰も発音できやしない！」
アレクサンドル「ああ、もう！　バラ園でも戦争するのか！」
ポーリーヌ「おや、アレックス、世間知らずはよして！　よくわかっているくせに、無垢なものは何もない、たとえ花屋でもっていうこと！　そうしたことはぜんぶ、バラよりもむしろ陰謀の匂いがする、そう思わない？」
アレクサンドル「それならバラをドイツ野郎から奪い返そう、奥方よ！　これが合い言葉さ！」

相変わらず同じ音がしていた。言葉、笑い声、モカコーヒーのカップにあたる小さな匙のカチャカチャいう音。エテルは食堂の奥に座って、かわるがわるに客人たちの顔をしげしげと眺めていた。かつては安心感を覚えながら、あるいはより正確に言えば、彼らの声、もっとも暴力的な話題にも魅力を添えてしまうモーリシャス人の歌うような訛り、おばたちが「アヨ！」などの声を合い間合い間に入れるそれらすべてを、黄色種の紙巻たばこの——ジュスティーヌは彼女を咳き込ませる黒たばこをとうとう締め出してしまった——煙に巻かれながら聞くという、ある気だるさを覚えながら。だが今では、エテルは不安と怒りに襲われるのを感じており、自分の席を離れ、台所に一人きりでいた。そこではメイドのイダが洗い物をしており、エテルは皿を拭き、片付けるのを手伝っていた。ジュスティーヌが、「お父様がどれほどあそこに座って欲しがっているとか、あなたを目で探してるわ。」とある日注意を促すと、エテルは、「ええ、あのくだらないお喋りと陰口！『タイタニック号』が沈んだときも、船のサロンはあんなふうだったにちがいないわ！」と意地悪く返事をした。

家族の船が沈むにつれて、エテルの記憶には、あの声のざわめき、あの不合理で無意味な会話、あの多量の言葉を伴っていた酸——あたかも、午後から午後へ、顔、心、アパルトマンの壁紙にいたるまで、周りのすべてを蝕んでしまう、陳腐な発語から発散される毒のような——が甦ってくるのだった。

エテルは同じノートに、少女の頃は才気走ったセリフ、機知に富んだ言葉、父の詩的なフレーズ、モーリシャス人のおばたちの気紛れさを書き留めていたのが、今では次のような馬鹿げた言葉、中傷、嫌らしい言葉遊び、憎々しいイメージを狂ったように書き連ねているのだった——

「ルター、ルソー、カント、フィヒテ、四人の『不純粋主義者たち[*20]』。」

「ユダヤ人の家族、プロテスタント、よそ者またはモノ[*21]の国家、フリーメーソンの世界。」

「セム族の癩病。」

「国際的なユダヤ人の銀行家に搾り取られる正直なフランス人。」

「カバラ、悪魔の支配下」（ピウス九世聖下に賞賛された、グジュノー・デ・ムッソー）。

「見込み違いのものを生み出すユダヤ人」（プルードン）。

「ユダヤ人はわれわれのようではない——鉤鼻で、爪は四角く、偏平足で、一方の腕が他方よりも短い」（ドリューモン）。

「ユダヤ人は臭い。」

「ユダヤ人はわれわれを殺す病に対して生まれつきびくともしない。」

「ユダヤ人の脳味噌はわれわれのように出来ていない。」

「ユダヤ人にとって、フランスは終身年金の国だ。彼らは金のことしか頭にない、彼らの天国は地上にある」（モーラス）。

「ユダヤ人たちは手相占いや魔術と手を組んでいる。」

「われわれの偉大なる政治家たちは、ジャン・ゼイ、又の名をイザヤ・エゼキエルと言い、そしてレオン・ブルム、又の名をカルフンケルシュタインと言う。」

「『リュマニテ』[*22]紙の寄稿者たちは、ブルム、ローゼンフェルド、ヘルマン、モック、ズィロムスキ、ヴァイル゠レイナル、コエン・アドリア、ゴルドシルド、モディアノ、オッペンハイム、ヒルショヴィッツ、シュヴァルツェントルベール（望みが叶いますように！）[*23]イムレ・ギョマイ、ハウセルという。」

「イギリス人はドイツ人よりも野蛮だ、アイルランドを見たまえ。」

「オリエ・モルドレルはこう言った、『ブルターニュをニグロの国にしてはいけない』。」

「ヒトラーはニュルンベルクでこう言った、『フランスとドイツは憎み合うよりも讃え合う理由の方が多い』。」

「ヒトラーは犯罪者をこう予告した、『ユダヤ人とボルシェヴィキはもちろんそのうちに入るだろう』。」

「モーラスは『哲学者の小道』の中でこう書いている、『ユダヤ人の天才は聖書の後に途絶えてしまった。今日、フランス共和国は無秩序な国家だ、そこで勝利しているのは四つの同盟国である、ユダヤ人、フリーメーソン、プロテスタント、そしてよそ者』。」

「ユリウス・シュトライヒャーはニュルンベルクでこう言った、『唯一の解決策、それはユダヤ教徒の肉体的絶滅である』。」


これらの激しい波の後、不意に小さな凪の訪れることがエテルにはわかっていた。まるで発作が止んだ後のようで、ずきずきするようなだるさと、情けない筋肉痛だけが残り、才気煥発なおばたちはそれをなんとか追い払おうと苦心していた。話題はモード、自動車、スポーツ、もしくは映画だった。

「プジョー402軽は、今に他の自動車の座を奪うわよ、ルノー、ドゥラージュ、タルボ、ド・ディオン、パナール、ホッチキス、そしてあのロールス＝ロイスさえも！」

「わたしたち、ワグラム駅のメッシーヌ通りにあるガレージのショーウィンドウで見ましたわ、すばらしく美しい車ね！」

「でも値段が！　値段をご覧になった？」

「平価切下げのせいよ、まずはアメリカ、それからこの夏はここ！」

「有給休暇とあの人たちのハンチング！*24」

「要するに、あの気の毒な人たちもまた海を見に行くのは、やはりすこし仕方のないことなのね！（ジュスティーヌ）」

「最近の発明品の話をご存知？　ラジオ＝ビジョンというのを？」

「ベアトリス・ブレッティ*25がお宅に来て話すというのでしょ！　サラ・ベルナールも！」

「ええ、だけど緑色なんですのよ、みなさん！　みんな緑色、まるで妖怪みたい！」

「わたしはね、映画に行く方がいいわ、『大いなる幻影』をご覧になった？」

「あら、いやだ、戦争はもうこりごり！　それより『我輩はカモである』のマルクス兄弟を観に行くわ！」

　そこへ将軍夫人もこう口をさし挟むのを忘れなかった、「映画はね、まともに動くようになったら行きますわ。」

男性陣の側ではささやかなサークルができていた。シュマンがいないとき、雰囲気は和やかだった。エテルはサロンのこの部分が気に入っていた。エテルにはぶんぶん唸る音が聞こえていた。まさしくアレクサンドルが愛していた飛行機のエンジンの音。翼とプロペラのついた航空機を作るという大いなる計画。父はまだそれが叶うとでも信じていたのだろうか？　破産が迫っているのを知っているのは自分だけなのか、とエテルは訝しく思っていた。彼女はこの背の高い男を見ていた。パリの冬にも色褪せることがなかった根っからのモーリシャス人の肌、輝く黒髪、念入りに整えられた顎鬚、長くてしなやかな指をした芸術家の手を。

「肝心なのはプロペラです、初めからそう言っているのです。インテグラルがいい、このプロペラで最高記録を更新したんです、イギリスではポーランが、それからモラーヌ、チャベス[*26]。当時、エンジンはグノーム社のエンジンで、二重穿孔仕上げの七十馬力でした。でもラトマノフ社のプロペラ、ほら、ぼくのお気に入りはこれです。古いですよ、たしかに。しかし最小の寸法で最大の馬力を出してくれます。」

「では、木製が一番だと？」

「もちろんですとも。修理が早い、そしてなんと言っても軽い。」

「でもブルゲ社は？」

「それは軍用機用です、これとは関係ありません、戦闘のためであれば、鋼のプロペラがどうしても必要です。」

父は煙草を吸い、その青灰色の目は煙の渦の中に沈んでいた。エテルは、父の嘘、母への裏切り、空威張りといった、父が犯してきたすべての悪徳のせいで、父を嫌うこともできたであろう。けれども、父の許を離れて、他人のように冷たい眼差しで見るということはどうしてもできなかった。

おそらく、今、父は破産寸前のところにいて、今にも墜落しようとしているのだろう、だからエテルは今までにないほど父を間近に感じていたのだ。エテルの記憶には、ソリマン氏が姪の夫に対して下した厳しい批判が甦っていた、「役立たずめ、良いもの一つ作ったためしがない。おまえさん以外はな！」まるでそれが偶然によるもの、奇跡的な僥倖の果実でもあるかのように。お大おじはエテルに言っていたものだ、「おまえさんはわたしの幸福の源、わたしに幸せをもたらす小さなお星さまだよ」と。

「航空機プロペラについてのジェヴィエツキ*27の著作をご存知ですか？　ほらこれです、わがバイブルですよ！」

空の乗り物の話に男たちは夢中だった――

「戦争になった場合、よろしいですか、差をつけるのは飛行機です。でもフランスでは誰もそのことに気づいていないらしい！」

「それと飛行船ですよ！　飛行船をお忘れなく！」（アレクサンドル）

「お宅の飛行船、それにつきものがあることを除けばね！」

「事故か！　飛行機だってそうでしょう、毎日落ちる！」

「ええ、でも飛行機は飛行船より的を絞るのが難しい！」

「戦争からはまだ教訓が引き出されていません。ご記憶でしょうか、二十年前、航空爆撃の効果が予言されたことを、しかしそれは陸軍省大臣の心を動かさなかった！」

「彼らは戦線にすべてを賭けた！」

「でも、戦線はとてもいいものよ、『イリュストラシオン』の報道記事をお読みになった？　たとえお宅の飛行機が上から行こうとも、歩兵隊は陸の上を行かなければなりませんわ！　飛べるわけではないのだから！」（将軍夫人）

「仰るとおりです、マダム。しかし、われわれの飛行機は四千個の羽根付き砲弾を運ぶことができて、一日につき五回の出撃で、半年に百六十万個以上の砲弾を送り込むことができたということをご存知ですか、そして百分の一の確立で的に当たったとすれば、それは約二万人の敵の戦闘能力を奪うことになったのです！　百台の飛行機を掛けてごらんなさい、合計何人になること

か！」（アレクサンドル）
「半年で二百万人の死者ですか、考えさせられますな！　それはあまり言われていません、航空兵器が完全な兵器だとはね。それは戦争を不可能にしてしまうほど恐ろしい。」（ルアール）
「ですが、スペインではもう使用されたではないですか。」
「社会主義者たちが赤軍に送った例の戦闘機ポテか！」
「ゲルニカで！」
「ところで、パリ博でピカソの絵をご覧になりました？」
「ええ、結構よ！　なんて恐ろしい！」（女性たちの声）
「まさしく、爆撃はなんて恐ろしい！　彼が言いたかったのはたぶんそれですな！」（何人かの笑い）

緊張はまたうねりとなって高まっていた。エテルはこの言葉と叫びの合唱を耳にし、いつもと同じ吐き気を感じていた。おそらくエテル一人だけが、その年齢のために、何も言わずに聞いていたのだ。他のみんなにとって、彼らは人生の時間のほとんどを通過していたために、言葉はざわめきや風に過ぎなかった。言葉はまったく現実的なものではなかった。おそらく人生を偽るのに役立つものですらあった。

「とはいえ、飛行機や軽航空機というのは、戦争の道具ばかりじゃないんです！　『予想』というH・G・ウェルズの小論を読みましたか?」（アレクサンドル）
「でも彼はずいぶん昔に死んでいるんじゃない?」
「書かれたのは戦前だがね、彼はこう予言していたんだ、百年以内に、すべての長距離旅行は汽車と船から飛行機に取って代わられるだろうと。」
「まさか！　お宅の空飛ぶ葉巻には絶対に乗るものですか！」（将軍夫人）
「飛行機がまだそうではないことは確かかね。」（ジュスティーヌ）
「そのためには、自動飛行という手がある。」（アレクサンドル）
「なんて恐ろしい！　無人飛行機ですって?」
「いや、わたしが言いたいのは、自動的に不安定性やエアポケットを修正するシステムを取り付けるということです。」
「いずれにせよ、お宅の飛行機が進歩しない領域があるわ、それは空の道よ！　飛行機は所かまわず飛び続けているわ！」
「ああ、そう、ビュック事件を思い出しますわ。」（何人かの笑い）
「そうじゃないわ、あなたまだ小さかったから。あのずる賢い男は、何と言ったかしら？　ビユッグ?」
「ビュルグよ。」（将軍夫人）

「そう、ビュルグ、それよ。その男は飛行場の隣の畑を通る飛行機ぜんぶに通行料を要求する世界的な会社を作ったのよ。そして大勢のお人よしの農民たちを騙したのです。」
「やつは農民の所有地を、下が畑で、上が空まで届く角柱のように定義したってわけ！」
「でも結局、彼は間違っていたのかしら？（ジュスティーヌ）想像してご覧なさいよ、お宅の上にずっと停まったままの飛行船を？　もしもお庭に落ちてきたら、それはお宅のものですの？」
「じゃあそのときは、シャンペン一本ででも支払ってもらうべきよ！」（笑）
「しかし、ウェルズはきっと正しいだろう、それが見られる頃、おそらくわれわれはもうこの世にはいないだろうけど、でもいつかは飛行機と飛行船が今の自動車と同じ数だけパリの空を飛ぶことは確かだろうね。」
「一人に一台ですって？　世も末だわ！」
「ええ、戦争が何もかもぶち壊さなければ！」（ジュスティーヌ）
「わたしはね、平和がやって来るのは天からだと思いますがね。」（タロン）
「天よ願いを受け入れたまえだ、なあ、きみ！」（アレクサンドル）
「まったくもう！　また戦争！　ほかの話をしてはいけませんの？」（女性たち同意）

まるですべてが隠されているかのようだった。エテルは眩暈、苦痛を感じていた。ある午後、それは学校からの帰りで、エテルは十歳くらいであった。客間は異常なほどがらんとしていて静かだった。薄暗がりの中、ビロードのカーテンが引かれていたが、エテルには父が新聞を読んだり、食事の後うたた寝をするために座っていた大きな安楽椅子があるのがわかった。グレーの大きなパルトー《コート》を着たぼんやりしたかたち。眠っている人が被っているようにちょっと前のめりになった、やはりグレーのフェルト帽。エテルは黙って偲び足で近づいていった。大きな安楽椅子にはカーテンの隙間から漏れる仄かな光が当たっていた。眠るシルエットは動かなかった。エテルは息を殺していた。そしてもっと身軽に歩くために、学校鞄をそっと床に置き、倒れないように肘掛け椅子の脚下に寄りかからせた。

なぜ家の中は物音一つしなかったのだろう。グレーのパルトー、それをエテルは憶えていた。ソリマン氏の物で、彼がリュクサンブール公園の散歩をやめてから、もう長いこと着ていないものだった。だが安楽椅子に座っていたのはソリマン氏ではなかった。それはゆるゆるの服の中の、痩せていてくずおれた体だった。すると、わざわざ誰がこんなことを？　エテルは近づいてゆき、前に身をかがめた。すると突然、それが見えた。おそらく太陽が雲間から出て、その顔を照らしたのだろう。深い皺が刻まれた、灰色がかった土気色の顔、紫色の唇をした大きな口、鼻腔の膨らんだ、湾曲して長い奇怪な鼻。フェルト帽の下、その歪んだ顔はまぶたを赤く縁取られた空っぽの目でエテルを見ていた。エテルは叫び声を上げ、自分の部屋まで廊下を突っ走ったことを憶えている。手足の毛が逆立ち、冷たいものが背中を伝うのを感じた。胸が破れるほど高鳴っていた。そして息を継ぐこともできずに、母の腕の中で泣きじゃくった。それから少しして、母の非難に応じたり、それを宥《なだ》めようとしたりしている父の低い声、エテルが聞いたこともない、悲しげでおずおずとした声が聞こえてきた。エテルは、父が腹を立て、なんてこったい！　と例の訛りで叫んだり、父の「なにさまよ」や「ばたくらん」*28というクレオール語で続けるときの方が好きだと思った。そしてそのとき、両親の間で起きていたこと、母を悲しませ、父を不幸にしていたもの、何かにつけささいなことで彼らが毎日していたあの戦争のことを、エテルは理解したのである。

エテルが落ち着きを取り戻し、客間に戻ってきたとき、大きな肘掛け椅子には何もなく、グレーのパルトーもフェルト帽もソリマン氏の磨かれた靴も戸棚の中に仕舞われ、そしてとりわけあの仮面、黒い二つの穴ほどに縮んだ目の、あの切られた醜い首は永久に消えてしまっていた。後に、エテルはあの見知らぬ者、あの侵入者の名前を知ろうとした。父に尋ねると、彼は憶えていないというふりをした。「紙粘土で出来た仮面？　なんだって？　いや見てないな…。」おそらく父は恥ずかしかったのだろう、それとも本当に忘れてしまったのかもしれない。

そうだとしても、父以外にはありえなかった。家族の集会の日ではなく、ウィークデイのある日。エテルが学校から帰ってきていた時刻。母の知らない間に父がいたずらを仕掛け、そして扉の後ろに隠れた。エテルの激しい恐怖と涙の発作という、その顛末を見たとき、父は自分の書斎に避難し、聞こえないふりをした。おそらく四旬節中日[*29]だったから…。それはまだシュマンが毎日のように商売をしに来ていたときだった。ならばシュマンが？　いや、決して彼にそんな勇気はなかっただろう。

　ずっと後になって、エテルはそのことを耳にした。シュマンがアレクサンドルと客間で話していたのである。シュマンが何と言っていたのか？　エテルにはあまりはっきりとしなかった。彼はある名前を口にし、そしてこう言い添えた、「まさしくシャイロックの首、厚い唇、もじゃもじゃの眉毛、くっつき合った小さな目、皺が寄った額、縮れた髪、それから鼻、あの鼻といったら！　猛禽の嘴、ハゲワシのばかでかい嘴！」エテルは身震いがした。シュマンはあの仮面の話をしていたのだ！　客間の闇の中で、安楽椅子に座っていた、あのグレーのパルトーの男の話を。エテルは怒りで赤くなり、断りもせず、みんなを無視して客間から出て行った。それは何年も前のことだったが、それでもまだエテルは体が震えるのだった。切られた首のような、灰色の、歪んだ、紙粘土の仮面、ただ一つの悪い夢。そして突然、それが意味するものを、それが示していたものをエテルは悟ったのである。この家を、家と家族を破滅させようと、シュマンがエテルたちの家の中に据えつけた、憎悪と呪いの息のようなものを。

　ある午後、アレクサンドルが自分の用事で出かけ（ラルモリック通りの工事が始まったところだった）、ジュスティーヌが買物やおばの家の訪問をしている間、エテルはシャイロックの面を探して家中をひっくり返した。母の寝室、父の書斎、イダが時々週末に泊まる離れの部屋、小部屋、洗濯場、押入れと、部屋から部屋へ順繰りに調べながら。だが、母が簞笥の中のごわごわしたシーツの山の下に隠していた軍用ピストルのほかは、何も発見できなかった。

一時間以上、隅々を調べ、柳行李の中身を引っぱりだし、エテルの子供時代の古いおもちゃを探索したが（しかし家族の身のまわり品の間に悪夢を隠すほど、大人たちは無神経だったなどということがありえただろうか？）――無駄であった。

ジュスティーヌの方が少し早く帰ってきて、散らかり放題の真ん中に坐り込んでいたエテルを見つけた。母の問いに、エテルは昔のように母に身をすり寄せながら涙で答えた。そしてようやく説明できたとき、母は何一つ忘れていないとばかりに、熱っぽく反応した。「仮面でしょ、あの例の仮面、ええ、わたしがすぐにゴミの中に捨てましたよ、あれは子供の遊びなんかじゃなかった、恐ろしくて、意地の悪いものでした、だからその日のうちに捨ててしまったの、まあ可哀想な子、あれがあなたを傷つけたなんて思わなかった、わたしたちを許してちょうだい！」

エテルは涙を流し、気持ちが楽になった気がした。だが、おそらくそれは錯覚にすぎなかった。仮面はまだ存在し、次から次と作られ、それを見て笑う者たちは相変わらずいるのだった。仮面はフェルト帽を被り、闇の中、空ろな目で見続け、消え去ることがなく、避けることもできなかった。

後に、実際、何一つ忘れられなかったことにエテルは気がついた。エテルは感受性が強すぎたのだ、唯それだけの話である。エテルは戦争状態の家族の中、脅かされた家の中にいた一人娘であった。ユーモアのセンスがないのさ、と父なら言ったにちがいない。ささいなことがエテルの頭に血を上らせていたのだった。

第2章　転落

それはクセニアからである、エテルがその知らせを聞いたのは。彼女たちは少し前から昔ほど会わなくなっていた。二人の仲が遠ざかったことに特別な理由はなかった。たぶん互いに疲れていたのだろう、そして飽きたのはクセニアの方ではないかとエテルは想像した。生活苦がそこには関係していた。新学期にクセニアはいなかった。エテルはクセニアにひとこと書いて、ヴォジラール通り一二七番地宛てに出したが、返事は来なかった。その新学期前の夏は猛暑で、エテルはペロス゠ギュイレックで休暇を過す若い青年男女と一緒にグループで冒険するという、ブルターニュ地方での愉しみを見出していた。サイクリング、夜九時までの海水浴、公開ダイスパーティー、砂丘でのちょっとしたアヴァンチュール、ステファンという緑色の目をした褐色の髪の美青年、海辺のカフェでのトランプゲーム。みんなは再会を約束し、住所を交換し合った。パリに戻ってくると、エテルは再び重苦しさを覚え、何となく自由に息ができないような気がした。何でもないこと、ささいなことで、アレクサンドルとジュスティーヌは大声を上げていた。昔なら、それはエテルの胸を高鳴らせたことだろう、子供の頃、「パパ、ママ、やめてちょうだい、おねがい！」と言いながら両親の間に飛び出して行ったときのように。そして気持ちを鎮めるために、ドビュッシーの『ケーク＝ウォーク』やマズルカといったもっとも騒々しい曲をピアノで力任せに弾いたり、古い蓄音機にしわがれた声のレコードを掛けたりしたものだった。ロンドンからローラン・フェルドが、フランスでは知られていないレコードをエテルに持ってきてくれていた。ガーシュインの『ラプソディ・イン・ブルー』、ディミトリ・ティオムキン、そしてディジー・ガレスピー、カウント・ベイシー、エディ・コンドン、ビックス・バイダーベックも。それはおそらく、フランスにあふれかえる黒人やよそ者たちがノートルダム寺院をシナゴーグかモスクに変えようとしているなどと、いつも不平を言うアレクサンドルの客たちへの、ローランの反駁だった。

そしてクリスマスより少し前のある日、エテルは学校の出口でクセニアと会った。エテルはその変わりように愕然とした。もうすでに一人前の女で、濃い青のテーラードスーツを着、小さな帽子を被り、眉を描き、頬紅をつけ、絹のリボンを編みこんだ愛らしい巻き毛ではもうなくて、美しいブロンドの髪をシニョンに結っていた。彼女たちは昔のように気の向くままに通りを歩いた。ふとクセニアが、「今じゃもう、大おじさまの庭へ行くこともないでしょうね。」と言った。エテルが理解できなくてクセニアを見たので、「知らないの？　建設が始まったのよ。」とクセニアは言った。エテルはとても遠い何か、あの思い出が甦るのを覚えたが、そうは言ってもまだ二年以上も経ってはいなかった。「知らなかったわ、ええ。」クセニアはエテルを冷ややかに見て言った、「ご両親は言わなかったの？ 建てているのはビルディングよ、工事はちょうど夏が来る前に始まったわ。」エテルが身ぶるいを覚えたのはそのせいだった。思い出は一緒にこの悪い知らせをもたらしたのだ。まるでエテルが知らないうちに、時が避けがたいものを孕みながら、この裏切りを熟させたかのように。エテルは軽い眩暈を感じたが、実際は、自分がこの裏切りに驚いていていないということに驚いていた。瞬きをした後、落ち着き払った声で、エテルはクセニアにこう答えた、「ううん、知っているわよ、もちろん、わたしが権利書にサインしたとき、パパがその話をしてくれたから、ただね、あまり見に行きたくないってこと、わかるでしょ。」「ええ、わかるわよ。」とクセニアは言った。クセニアは冷たい目をしていた。おそらく、自分も家族も素寒貧で、週末ごとにどう家計の帳尻を合わせられるか首をひねっているのにひきかえ、それはもっと豊かになりつつある金持ちの問題くらいに考えていたのだろう。

彼女たちは昔のように、澱んで腐っている池の中に馬鹿ばかしい帆船を浮かべて遊んでいる子供たちを見ながら、リュクサンブール公園を散歩した後に別れた。寒い日で、木々は葉を落としていた。「さて、じゃあ、わたしはそっちから行かなくては。」とクセニアは言った。

エテルもまた急いで立ち去ろうとしていた。「わたしも大急ぎで帰らなくちゃ、ピアノのレッスンがあるから。」するとふとクセニアは思い出した。前の年の春、彼女たちはそのことを長々と話したのだった。「ああ、そう、今でもコンクールの準備をしているの?」ラルモリック通りの庭のあずまやの下で、エテルはピアノ、クセニアは歌で、一緒に出願しようと考えていたのだ。あたかもオーディションにでも出るかのように。彼女たちはマスネの曲で、デボルド＝ヴァルモールのロマンスの練習までしていた。そうしたすべては、夏の後、コタンタン通りの客間の太鼓の連打のように激しい会話や、家族の言い争いの後では、とても遠いことのように思われた。そして今、彼女たちの夢の廃墟にビルディングが、あの裏切りが建とうとしていた。二人はすばやくキスを交わした。エテルはクセニアの新しい香水に気づいたが、それは香水というより、ちょっとつんとくるクセニアの顔、頬紅、それかミントのシャンプーのにおいなのだと思い直した。貧しい人のにおい、酸っぱいにおい、なんとか生きてゆくためにやむを得ないにおい。エテルがヴォジラール通りを足早に歩きながら思ったのはそのことである。そして同じ瞬間、その明白な事実がありありと感じられ、それはクセニアのブラウスの下に隠れていた堅いコルセットの手触りによって確かなものになり、エテルは目に涙が、恥ずかしさかあるいは悔しさか、いずれにせよ苦い涙が込み上げるのを覚えるのだった。

エテルは待ち切れなかったので、モンパルナスの方へ行くバスには乗らず、大股で歩きはじめた。人ごみを追い越し、立ち塞がるものを避け、渋滞している車の間をすり抜けて、まるでブルターニュの浅い海にある黒い岩の上を歩くように、着地点を予測しながら、一歩一歩飛び跳ね、あらゆる感覚を研ぎ澄ませて。使い走りの少年たちのからかいも、短気な運転手たちのクラクシヨンも耳に入れずに。

自分がどこへ行くのかわからなかった。薄紫の家とラルモリック通りの庭を見捨ててしまってから、もう何ヶ月も何年も経った気がした。秋、冬、と、エテルは頭の中で過ぎてしまった時を数えていた。おしゃべりをするためにクセニアと虫喰いのベンチに腰かけていたこと。庭の後ろの壁を伝っていた赤いぶどう蔓、雨とナメクジを受けとめていた大きな防水シート。ロシアの農婦のように銀白色の髪をスカーフの下に隠していた、とても青白い顔のクセニア、そして雨と一緒に流れていた言葉、心の動き、口にしたこと。自分の手の中のほっそりとして冷たいクセニアの手。ある日、クセニアはエテルに、「男の子の握力をしてるのね?」と言った。「ピアノのせいよ、手首の筋肉がとても強くなるの」とエテルは答えた。エテルは自分の大きな手が少し恥ずかしかった。冬になると庭の中はとても寒く、エテルの手は洗濯女の手の色のように赤くなるのだった。雨と灰色の空にもかかわらず、それはとても穏やかな時だった。ソリマン氏が昔植えた大きな木々は二人を緑色の靄《もや》から守っているように見えた。それは何時間も続いた。実際、時はもう存在しないかのようだった。

エテルは通りの入り口で立ち止まった。すべてはいつものように静かでひっそりとしていた。ソリマン氏はこの静けさについて、「パリの真ん中で、どうやってこの田園の一角が生き残ったのか、どうしても理解できん。」とエテルに言った。夜、ソリマン氏は桐の木の中にいるナイチンゲールの声をエテルに聞かせたことがあった。
「おまえがここで暮らすようになったら、」とソリマン氏は言った、「ナイチンゲールの歌を聞くために、夜中になったら起こしてあげよう。あの水盤だけの何もない中庭は、そのためにあるのだよ。ナイチンゲールのために桜の木を植えることにしたんだ、鳥たちは桜の木が大好きだからな。」錆びついた高い石塀が通りのはずれまで一続きの障壁を成していた。その後から工場、倉庫が始まっていた。鉄道線路が、煤で真っ黒な堀の中、百メートルと離れていないところにあった。時々、転轍機のきしる音が聞こえてきた。ソリマン氏は汽車の音をとても愛していた。おそらく長い旅を懐かしんでいたのだろう。それから彼は、駅の周辺は支配的ブルジョワ階級とは正反対で、芸術家や政治的な追放者に適した場所なのだと言っていた。戦前、革命の起こる前、ソリマン氏は駅のそばのカフェで、後にレーニンという名でもっと知られるようになる、イリイチとかいう人とチェスをしたのだと話していた。

近づいてみることで、エテルには初めてわかった。向かいのカフェは無表情なファサード《正面》を晒していた。カフェ店主はクリスマスイブの夜会の準備のため、「良いお年を（Joyeuses fête）」と綴りを間違えて書き、ヒイラギの葉飾りだけをショーウィンドウに飾っていた。

石塀は約十メートルにわたって壊れていた。その横の小さな木のドアはまだそこにあったが、崩れ落ちたラントー《まぐさ》が扉を塞いでしまっていた。茨のたぐいか、またはスイカズラが垂れ下がっていた。塀があったところには、木製の羽目板が建てられ、砦の役目をしていた。羽目板の上には建築を許可する掲示が貼られていたが、エテルはそれを読む気がしなかった。エテルは板張りの向こうを透かし見た。大きな黒い穴が庭全体を奥まで占拠していた。雨が穴の中を汚水で満たし、ところどころ骨に似た多孔質の白い岩が水面すれすれに見えていた。エテルは手すりに額を押しつけ、しばらくそこに立っていた。大きな黒い穴はエテルの中に入り込み、体の内側に空虚を穿った。子供っぽい絶望から、庭の奥を探ろうとしてさらに板を広げようとすると、そこには薄紫の家の柱と壁板を覆っている黒いシートがあった。エテルはある冷ややかさでもって、茨を除かれてむき出しになった地面は、小さくなって、しぼんでしまったみたいに見えると思った。木々までもなくなっていた。唯一残っていたのは、ソリマン氏がナイチンゲールのために植えた桐の木だけで、捻じ曲がり、奥の塀を押し返しているように見え、大きな葉は錆びついたようになっていた。おかしなことに、エテルは少しも怒りを感じていなかった。ただ単に、この災厄を前にして、エテルのいないところで起きていたことを突然理解していた。ひそひそ話、父と母の口論、扉のバタンと閉まる音、漠然とした脅迫。ボンディ先生の許での協議、権利書の署名。エテルは現実に何かをし損ねたのだろうか？　それとも理解したくもなく、聞きたくもなかったのだろうか？　ある建築家の名前、ポール・パンヴァン氏、隣のコナールの苦情、といった言葉の切れ端が思い浮かぶのだったが、しかしそのときならまだ、大おじに対して相変わらず続く公訴、木造建築「である上に、種類ときたらインドの木！」の、地区全体へ及ぼす危険のことだと信じることができた。それらすべてはエテルのまわりを回り、気持ちが悪くなるまで頭の中で渦を巻いていた。エテルは板張りに背をもたれた。向かいの交叉点のそばで、クリスマスの飾り付けをしたカフェ＝サンドウィッチがエテルを招き、挑発しているように見えた。思わず、足の向くままに、エテルは敷地を離れると、店まで歩いて行き、扉を押した。カフェの内部はそれまでに一度も覗いたことがなく、ただクセニアと一緒に通りかかったときに、横目で暗い木の壁を見やり、アブサンやアニスのにおいを嗅いだことがあるだけだった。カフェ店主の赤ら顔に出くわすかと思っていたら、普通より醜くもなく下品でもない女の人が出てきたので、ほぼ安心し、その人が静かにエテルのテーブルに近づいてくると、「グロッグを」と頼んだ。女の人はちょっとためらった。「いいえ、大丈夫です、いつもそうだから」とエテルは言った。ソリマン氏が死んでから、エテルはアルコールを飲んでいなかった。レモン汁と砂糖入りの熱湯を注いだ少量のラム酒、それをスプーンが立てる微かな調べを聞きながら、大おじと一緒にかき回したこと、それは彼らのささやかな秘密だった。それからエテルは、クセニアと会うときにいつもカバンに入れて持っていたヴァージニア煙草のウィークエンドに火をつけた。

その日の後、何週間、何ヶ月もの間、エテルは心の奥にその穴を抱えていた。それは苦痛であり、空虚であった。時々、エテルはそのせいで平衡感覚を失った。道を歩いていると地面が自分の方に上がってきたり、あるいはまた、授業の合い間の休憩時間になると、寄りかかるための壁、木や、柱など、手当たり次第探すのだった。ある朝、授業へ行くために起きようとすると、まるで今にも転覆しようとしている船のデッキのように寝室の床が左の方へ傾いた。母が、それから父が助けにやって来た。両親は医者のギュズマン先生に電話をした。「大丈夫ですよ、お嬢様。これは、眩暈です。内耳の構造の軽い不調です。あなたの年頃ではよくあることですよ。ただ休養を取ることが必要なだけです。」医者は阿片チンキの滴剤を処方し、メイドのイダは血圧を上げるためにジンジャーティーの煎じ薬をこしらえた。その後何もかも元通りになったが、あの穴はあいかわらずそこにあった。夜になるとしばしば、エテルは大おじの墓の前にいる夢を見た。エテルは穴の縁に立っていた、すると、ぬかるんだ底から、大おじの体が現れるのが見え、それはとても背が高く、顔はひどく蒼ざめていたが、まるで四十歳のときのように、顎鬚と髪は長くて黒々としていた。

その後、少しずつ平衡感覚が戻ってきた。それは冬の終わり頃で、建物の建築工事は本格的に始まっていた。計画を妨げようとするのと同じくらい毅然たる態度で、エテルはあらゆることを知り、あらゆることに精通しようとした。エテルは設計図を見せてもらうために、モンパルナス大通りにあるパンヴァン建築家の事務所にたった一人で出かけて行った。そして、大きなトレーシングペーパーに描かれたあまりに平凡な七階建てのビルの図面をしげしげと眺めた。「ご覧下さい、お嬢様。」建築家はバルコニーの手すりの下や入り口の扉の両面の装飾を指し示した。彼は首の羽を膨らませている太った鳩みたいに得意そうだった。「お父様は、ファサードをもうすこし、えーっと、空想的にといいますか、もうすこし若々しいものにしたほうがお嬢様の好みであろうと考えまして。」別刷りの図面に、パンヴァンは円形の飾り《マカロン》のたぐいと、ドアのラントーの上にアカンサスに似た植物がギリシャ=ローマスタイルの女性の横顔――明らかにジュスティーヌの横顔――に巻きついている絵を描いていた。それはグロテスクだった。エテルは冷たく刺々しい口調で言った、「というのは、あなたがこれが空想的だと思うからでしょ？　あなたがこうするともっと若々しいと思うからでしょ？」建築家はがっくりした様子でエテルを見た。「しかしお父様が…」「こんな醜悪なもの、父が描いたんじゃないわ。装飾なんて問題外。まったく飾りのないファサードにしてちょうだい。わかりましたね。」エテルは怒り心頭に発するのを隠そうとして、唐突に出て行った。ラルモリック通りの庭で増大してゆくあんなものに可愛らしさを添えようなどという考えは、エテルには耐えがたく思われ、吐き気がするのだった。

エテルは建築家の事務所か、請け負い業者シャルパンティエ=レユニのところ、もしくは基礎工事の市場を持っているピカ&エテールへほとんど毎日出かけていった。そして見積書を検討したり、おかしなところや大げさなところを訂正したりした。玄関ホールのモザイク模様、エレベーターシャフトの錬鉄、階段のステンドグラス、クリスタルガラスのフットライト、低半円式のアーチ型の窓、スタッコ製の模造大理石、杉綾《ヘリンボーン》の寄せ木床、細工をほどこした内扉、女性像のついた柱のある暖炉、銅製のドアノブ、丸みの部分、出窓式の客間の窓、格天井、焜炉付きラジエーター、使用人用裏階段、象牙製の取っ手、銘木製の郵便受け、階段の赤い絨毯、さらには建築家がこの集合住宅につけたテーバイという、エテルが、「そこまで言うなら、いっそのことアトランティスになされば？」と皮肉で応酬した、この建築家のように気障《きざ》で高慢ちきな名前まで断った。その代わりに、未来の管理人の部屋を広げ、そこにセントラルヒーティングを置くという許可を取った。

つぎにエテルは会計に挑んだ。見積書をすべて見直し、三十番のレンガの壁をやめさせて珪石にし、八番の間仕切りをやめさせて十五番にし、まだら模様のファサードの上塗りをやめさせて平らなものにし、そしてとりわけ、土の運搬、穴の設営、すべての階の水道の接続といった基礎工事の費用を下げるために、シャルパンティエ＝レユニ、ピカ＆エテールを相手に、ひとつひとつ異議を唱えた。大いに話し合った結果、建築費用を仕上げ作業を除いて一平方メートルにつき八五七フラン十四サンチームまでようやく戻すことができ、それは七階分で合計百五十四万二千八百五十フランであった。エレベーターと仕上げ作業の分は約七万フラン追加しなければならなかった。ひとたび値段が決まると、エテルは父と一緒に銀行へ行き、頭金二十万フランで十五年分のローンを組み、最初の五年間は九万九千フラン、六年目からは九万六千フラン、十一年目からは八万八千五百七十フランの年賦払いにした。

エテルは、父いわく、エテルに一生の、そしてそれ以上にすらなる金利収入を保証するはずだという、この膨大な費用のかかる忌まわしい建設によって、ソリマン氏の古い庭が早くなくなればいいとでもいうように、ある種の焦りとともに熱を入れてこうしたすべてのことをしていた。

だがエテルには、父が予測したようには事が運ばないことがよくわかっていた。この計画は呪われており、何ヶ月もたつにつれ困難を極めていった。基礎工事はなかなか終わらなかった。不安定な土の下層部のこと、石灰岩に長い穴が開いていること、水が上がってくることなど、次から次へと報告が来ていた。土地に家が隣接しているコナールとかいう御仁の脅しは言うまでもなく、やれ、ひび割れがするとか、やれ、衝撃波が来るとか、悪臭がするとか、まるで地雷が吹っ飛んだか、可燃性ガスの塊が穴を開けたとでも言わんばかりに。この御仁のお陰で、建築許可は何度も保留になり、すんでのところで取り消されるところだった。建築家のパンヴァンの仲介で取りあえずのところを解決したものの、心づけをしたり、袖の下を握らせたりして、基礎部を修正しなければならなかった。単純な土台ではなく、コンクリートの支柱を打ち込むために石灰岩に井戸穴を掘らねばならず、毎週毎週、深さは六メートル、十二メートル、さらには十八メートルと増していった。地下洞窟を、おそらくは墓地だったところを貫通していた。エテルがこの空間をひそかに夢想すると、大おじの姿が甦ってくるのだった。まるで未だにこの地下世界に住んでいて、ビルディングの建設と、姪の娘の権利の剝奪と、彼のインドの夢の撤去に反対しているかのように。工事が始まって、初めて建設現場を訪れたとき、エテルはシャルパンティエ＝レユニの現場監督に、「敷地の奥にあった資材はどうなったの？」と訊ねた。現場監督ははてなと考え、それからこう言った、「ああ、あれですか、腐っていた山積みの板のことね？　ゴミ捨て場に運びましたよ、回収できるものが中に一つもなかったんでね。」エテルが異を唱えたり、なおもそのことを知りたがったりしたので、彼は肩を竦めて言った、「本当ですよ、お嬢さん、使えるものは何もありゃしませんでした、みんなシートの下で腐っちまって、腐ったり錆びたりして、石までがぼろぼろでしたぜ。」エテルは形ばかりの抗議をした。だが内心では、薄紫の家からは何も残らない、何一つ、郊外の家のファサードを飾る装飾一つ残らないと考えると、ほっとしたのである。

コタンタン通りでの昼食会は続いていたが、雰囲気はもうまったく同じではなかった。客たちは口を慎んでいたにもかかわらず、破局へ向かっているという噂は広まっていた。その噂はおそらく、ブラン家の繁栄という錯覚の下に生きてきて、そして今、不安の兆候、軋み、ひび割れを感じはじめた、おばたち、甥たち等、一族の中から漏れ出たのであったろう。かつては、ポーリーヌおば、ミルーおば、ウィレルミーヌおば、あるいは寄生者《パラサイト》のタロンですら、百フランか千フランの「窮地を救ってもらう」必要のあるときは、妻のジュスティーヌを介して申し出ていたのが、今ではアレクサンドルに直接頼み、執拗に迫り、理屈を捏ねねばならず、結局は、「それどころじゃないんだ、すまないが状況が込み入っていてねえ、来月にしてもらえないか。」と断られる始末であった。すべてにおいて倹約がなされていた。食事、葡萄酒、外出、紙巻煙草ですら。それだから昼食会では、わずかな肉とわずかなアルコールを添えたドライカレーとレンズマメばかりが出されていた。

会話は同じ話題をめぐっていたが、もう以前のように自由ではなくなったように感じられた。昔は、とエテルが観察したところでは、もっとも辛辣な言い争いや、もっとも熱狂的な長広舌も、最後は笑いによって収まった。ポーリーヌおばとミルーおばは根っからのモーリシャス人で、それとなく不平を言ったり、からかったりして、「気を悪くさせる話題」から抜け出る鍛錬に習熟していた。だが今は、もう彼女たちの機知も同じ笑いをものにすることはなかった。ジュスティーヌはといえば、彼女は明らかに陰鬱だった。アレクサンドルがその特権に執着し、例によって自らカップにコーヒーを注ぎ入れる前ですら、頭痛や眩暈や虚脱感を口実に、席を立ち、寝室へ閉じこもりに行くのだった。

エテルはその場に残っていた。父の隣にある自分の席には座らず、居間の奥の、窓のそばへ行って座った——誰にも気づかれずにそっと出てゆくために。というのは父が冗談で言っていたことだ。しかしそう言いながら、父は横目でエテルを見ていた。気の利いた文句や長広舌の後、父は娘の同意を求め、微笑むのを待っていた。あるいは時々、それはエテルをより不安にさせるのだったが、父は何も言わずに、夢の中に迷い込んだようになり、その虚ろな目、焦点の定まらない青灰色の、少し悲しげな目が、エテルの方に向けられていた。エテルは父を安心させるために何か言いたいと思ったものだが。

エテルは十八歳だった。まだ少しも人生経験がなく、何も知ってはいなかったが、にもかかわらず、何もかもわかっていて、すべてを理解していたのは娘のエテルだった。それにひきかえ、まるで子供のようだったのが父と母だった。エゴイストでわがままな思春期の子供のようだった。彼らの情熱、嫉妬、了見が狭くてばかげた振る舞い、ドアの下を行き来していたあの走り書き、あの当てこすり、とげとげしくて恨みがましいセリフ、くだらない仕返し、くだらない企み。

ある日、学校の出口のところで――それは卒業の年で、その後は未知の世界が、自由が開かれていた――、娘たちは結婚の話をしていた。そのうちの一人で、わりと綺麗なフロランスという名前の娘が、自分がもうじき結婚すること、その準備、ドレスやら花籠やら指輪やら何やらと、みんなの前で言いふらしていた。エテルはせせら笑いを禁じえず、「どちらかといえばオークションみたいだわ、その話は。」と言った。そして挑発するように、「わたしはね、ぜったい結婚なんかしないわ。それがいったい何の役に立つのよ?」とも。批判や、告げ口をされることは承知だったが、エテルは別に構わなかった。「男の人なんて、いくらでもいるじゃない、誰かと暮らすために結婚する必要なんてないわよ。」――「じゃあ、子供は?」そうくればこっちのもの、とエテルはほくそえみ、「へえ? 子供のために結婚するの? そのあと、その子たちを取り上げるぞと脅されながら、拘束されるために？　いったい誰が子供を産むの？　わたしが知る限り、それは男の人じゃないわ！」

結婚の話をしていたからか、その知らせが届いたのはまさにちょうどその時である。夏休みに入る少し前の六月。とても穏やかで、淡い色の空が生まれたての雲をあちこちに浮かべていた。エテルはイギリスからの手紙を待っていた。ローラン・フェルドが学業を終え、やって来ることになっていて、彼らはヴァンセンヌの森を散歩し、それからブルターニュへ行き、ローランはサイクリングをして納屋に泊まったり、小さな教会を訪れるために、キャンペールで自転車を借りようと言っていた。

そこへ届いたのが、一通の結婚通知である。ジュスティーヌはそれを開封しなかったが、その手紙の子供っぽい飾り文字を見ただけで、中身を読みもしないうちに、エテルはその封筒を以前クセニアが送ってくれたものと見較べに行った。その住所と結婚通知を記したのは、やはりクセニアだった。エテルにはそれがクセニアのtの横棒の引き方と、星型にAを書くやり方だということがすぐにわかった——

À Mademoiselle Ethel Brun

E.V.

（エテル・ブラン様
区内配達）

クセニアはただ字を美しく書くことに専念しており、その取るに足りないどうでもよいことがエテルをひどく苦しませた。まるでそのダニエルという名前のドネ氏との婚約と、クセニアにはヴォジラール通り、ドネ氏にはヴィラ・ソルフェリーノという、不釣合いなこれらの住所を知らせるだけでは、まだ足りぬとでもいうように。クセニアは上品ぶっていた。

エテルは肩を竦めた。それから何日か、エテルは忘れようと努めた。ラルモリック通りの建設現場が彼女の注意を引いた。エテルは日に三度もそこに通い、ようやく終了した基礎工事や、土地の上に建ち始めたあちらこちらの壁を眺めた。ストライキにも、革命の脅威にもめげず、数ヶ月前から工事は熱のようなものを込めて再開されていた。埃を防ぐためにシートで塞がれた、コナールとかいう隣人の土地の壁を見て、エテルは満足していた。ソリマン氏に宛てられた受領通知付きの陳情書のことがエテルの記憶に甦っていた。「お宅の木が拙宅の果樹の上に、午前十時から午後三時まで影を作りますので、つきましては一週間以内に…」今、地面への打撃、壁体補強のための横棒が軋む音、セメントの埃が立てる煙、その一つひとつが復讐の手段となって、薄紫の家が建つことを妨害したエテルの大おじの敵の、その寒がりで軟弱な肉体を蝕んでいるのだった。この仕返しはすでに遅すぎたのだが、それでも勝利には違いなかった。

それからしばらくすると、すべては元に戻ってしまった。眩暈、虚無感へと。エテルは服も脱がず、夕食も摂らずにベッドに横たわったまま、空の光が碁盤縞の桟を描き出している長方形の窓に目を見開いていた。エテルは実際に悲しみを感じていたわけではなかったが、にもかかわらず、あふれ出るものが零れるように涙が頬を流れて枕を濡らした。そして自分を貫いている穴が翌日には埋まっていることを思いながら眠りに就いたが、目が覚めても傷口の縁は少しも縮まらないことを確かめるばかりだった。

それでも人は生きてゆかれるのだった。それはもっとも意外なことだった。行ったり、来たり、何かをし、買物に出かけ、ピアノの練習をし、友達に会い、おばたちの家でお茶を飲み、理工科大学で学年末に開かれるダンスパーティーのための青いドレスをミシンで縫い、喋って、喋って、少なめに食べ、こっそりアルコールを飲むことができ（ローランからの秘密の贈物で、革紐で縛られた木箱に入ったノッカンドゥのスコッチウィスキー）、新聞を読み、政治に関心を寄せ、ドイツの首相の演説をラジオで聞くこともできるのだった――ビュッケベルクにおける、収穫感謝祭のための、高音域で震える、熱狂的で、悲壮で、滑稽で、危険な声、その声が、「自由はドイツを美しい庭にした！」と言うのを。

しかし、そうしたことは空虚を埋めることにも、傷口を塞ぐことにもならず、年毎に流れ出して、空気中に逃げ去っていった、物質の存在を埋め合わせるものにもならなかった。

ジュスティーヌは何かをしようとしていた。ある晩、母は寝室に入ってくると、ベッドの端に腰をおろした。母がそれをしなくなってから何年も経っていたにちがいない。エテルの子供時代に、よく父と喧嘩した後、父は怒りを込め、母は皮肉たっぷりに、罵ることは避けながらも、激しく、意地悪く言い争っていた、あのとき以来だったろう。彼らの言葉は、他の夫婦喧嘩のように、殴りあったり、皿や本を飛ばしあったりするのと同じくらい残酷で侮辱的だった。エテルは自分の肘掛け椅子に凍りつき、胸の鼓動はあまりに強く打ち、手はぶるぶる震えていた。彼女は何も言えず、たった一度か二度、「やめて!」と叫んだだけだった。すると母はエテルの寝室に入ってきて、ちょうどその夜のようにベッドに腰かけ、何も言わず、おそらくは闇の中で泣いていた。今、そうしたことはすべて終わっていた。両親はもう言い争うことはなかったが、しかし空しさが広がり、それはお互いの間に何ものも埋めることのできない溝を穿っていた。そしてクセニアが今度はエテルを裏切り、遠ざかり、何の価値もなく、彼女にふさわしくない青年と婚約したのだった。

子供時代を離れ、大人にならねばならなかった。人生を始めること。いったい何のために?つまり、もう自分を装わないために。一人前であるために、何者かになるために。強くなるために、忘れるために。エテルはようやく落ち着いた。目は乾いていた。エテルはすぐ隣に母の寝息を聞いていた。そしてその規則的なリズムがエテルを寝入らせた。

転落は、実際には誰も気づかないうちに始まった。だが、エテルは待ち構えていた。それが起こるかもしれないことがわかっていた。ソリマン氏でさえ、ずいぶん前にエテルに予告していた。大おじはそのことを、時々ほのめかすようにして話した。「わたしがいなくなったら、おまえはしっかり用心せねばならんよ。」まだ十一歳か十二歳だったエテルに、どうしてそれが理解できたであろう？「おじいちゃん、おじいちゃんはずっとここにいるんでしょ。なんでそんなこと言うの？」ソリマン氏は真面目な顔で、少し不安そうな様子ですらあった。「おまえが将来のことで何も心配がないようにとひたすら願っているのさ、何も不自由しないようにとね。」彼は決意して、エテルに土地もモンパルナス大通りの自分のアパルトマンもすべて遺贈すること、そして何が起ころうともエテルにこの保証が確実になされることを、遺言書にしたためようとしていた。ソリマン氏は娘婿に近いアレクサンドルを憎みはしなかったが、ただ彼を信用していなかった。大博打を打ったり、軽航空機の模型を作るとか、プロペラを試すとかいった、とりとめのない夢想を抱く、アレクサンドル・ブランのあの流儀、それからとりわけ、ずる賢い商人や、産業騎士や、ペテン師たちに、まんまと気を許すことに発揮されるあの才能を。「お父さんはおまえに話してくれたのかい、アメリカに運河をつくる計画だとか、グララ＝トゥア[*1]の金鉱のことだとか、そうした話を？」しかしそれは余計な詮索になりかねなかったので、ソリマン氏はすぐに前言を翻し、「気にしないでいい、もしその話を聞いたとしても気にしないことだ。ばかばかしいことなんだから、おまえが関わる必要はない。」と言うのだった。

今、エテルは、それらばかばかしいことをすべて列挙することもできた。扉のところで耳を澄ます必要などなかった。客間の会話の中で、それは絶え間なく繰り返し語られていた。何よりもまず、場所の名前、会社の名称、描写などをともなう幻の連禱のように。トンキンの開発、プレトリアのダイヤモンド商人、サンパウロでの不動産投資、カメルーンやオリノコ川の高級木材、ポートサイド、ブエノスアイレス、ニジェール川湾曲部での港湾建設。エテルは興味からではなく、物珍しさから、質問したいと思ったものだ。アレクサンドルは興奮し、まるで夢の鍵であり、実体を持たないものであるように、それらの名前を口ずさんでいた。彼は冒険のスタートラインにいることを疑わず、発展と科学と経済の繁栄が約束されていることを心から信じていた。そしてフランス人たちのことを、臆病で、頼りない、エゴイストだと見なしていた。アレクサンドルは学業を終えた後、パリに残って人生をみすみすやり過ごしてしまったことを悔やんでいた。だが、彼が戻りたいと望んでいたのはモーリシャスではなかった。その島では、彼は息ができなかった。ソリマン氏のように、「小さな国、つまらない人々」だと思っていた。アレクサンドルは自分が活躍するためのもっと広々とした劇場を欲していた。南アメリカやパンパ。あるいはアメリカの西部、カナダの北極圏にある凍った森。彼のヒーロー、それはジョン・リード[*2]、ジャック・ロンドン[*3]、スタンリー[*4]だった。だが、シャルル・ド・フーコーの話題はご法度だった。「フランス軍に仕えたスパイ、策士、格好ばかりのやつさ。」ルメルシエ将軍夫人は反駁したが、モーリシャス人のおばたちは受け流しておくのだった。

その間、与えたり貸したりして、アレクサンドルはすべての貯金を使い果たしてしまった。事業や例の投資は、ずる賢い商人たちの利益にしかならないか、それにすらならなかった。エテルはうわべだけの友人や、いかがわしい助言者たちの名前を延々と並べ立てることもできた。彼らはコタンタン通りの集会にやって来た。何箱もの葉巻や、コニャックや、ジュスティーヌには花束を持ってきていた。そして書類にサインをさせた。紙の束は山積みになり、それぞれ大層な額を示していた。ブーレ、セリエ、ペレ、シャランドン、フォレスティエ、コニャール。彼らは次々と現れては消えていった。エテルが彼らの消息を訊ねると、アレクサンドルは、「あいつか？　そういえばしばらく見てないな。」と返事を濁すのだった。そこへジュスティーヌが少しでも催促をすると、「なんだい、きみたちはぼくを非難するだけじゃないか！　もし自分たちで財産管理がやりたいなら、全部書類をくれてやるよ！」と怒り出す始末だった。

シュマンのことで、アレクサンドルは落胆していた。少し前にスキャンダルが起きたのだ。シュマンの株式取引は、まったくのインチキで、架空のものだった。アルジェリアにあるグララ＝トゥアの鉱山、チュニジアにあるスファックスの油田地帯、サハラ砂漠横断鉄道、それらについての書類はすべて偽造書だった。会が組織され、シュマンを法廷に引き立てて弁償させるために、シュマンの被害者を集めていた。ジュスティーヌはアレクサンドルに原告に加わるよう懇願し、わめきちらし、度重なる口論と、躊躇いと、空しい怒りの後、アレクサンドルはようやく出廷することに同意した。

そのことはアレクサンドルを悲しませた。エテルはこの出来事を知らないものと見なされていたので、それとなく巧い言葉で父にその話をしたある日、父を悲しませているのが、友人に裏切られ横領されたことではなく、その友人がこれからはもう日曜日の集会に来なくなることだとわかって、愕然とした。「もう、パパったら、あいつがわたしたちにしたことを考えてみて！　あいつのせいで、わたしたちは破産するかもしれないのよ！」

アレクサンドルは突っぱねた。

「破産だって、そりゃあないぜ！　あの哀れなやつは、おれたちよりもずっとたくさんのものを失うっていうのに！」そして、すこし置いてから物々しく、「やつは名誉を失うかもしれないんだ！」と付け加えた。「名誉ですって！　あいつにたくさんの名誉を与えているのはパパの方じゃないの、あの大泥棒に！」とエテルは反駁した。「そんな話は聞きたくもない。」とアレクサンドルは自分の喫煙室へ避難しに行ってしまった。

予審が一年近く長引いた後、ついに裁判所の再開によって訴訟が行なわれた。証人たちが列をなして続いたが、アレクサンドルは証言するのを拒んだ。家族が圧力をかける中、彼いわく、原則的判決しか要求しない原告の列で、アレクサンドルは署名をするにとどめた。シュマンは自ら法廷に上った。彼は感極まった声で長い供述を読み、その中で、「親愛なる友人たち」へ、自らの意向に忠実であったことを断言し、うかつであったこと、そして「人間を信頼した」という罪状よりほかは認めないとしながら、恭しい陳述を述べ立てていた。そして「たとえ私が、自分の人生、家族、個人の幸福を犠牲にしたとしても」、被害者の一人ひとりに損害を償うと約束していた。エテルは父を横目で見張っていた。シュマンの前口上は効果を発揮した。なぜならその時、父は眼鏡を外して、そっと曇りを拭ったからだ。審判はがやがやみんなが話しているうちに下ったので、判事は全部聞き取らせるまで、次のような判決を読み直さねばならなかった。「シュマン、ジャン＝フィリップ氏、パリ、アサス通り在住、上記の者に執行猶予付きで六ヶ月の禁固刑、ならびに被害者への高額の賠償金と訴訟費用の支払いを命じる。」こうしてシュマンは破産したのだったが、その顔は大した絶望も痛恨も表さぬままであった。アレクサンドルはシュマンを出口のところで待っていた。雑踏の中で、アレクサンドルはその両の手を握りしめ、「シュマンさん、わたしはあなたの味方ですよ！」と声をかけた。エテルはまるでブールヴァールの芝居小屋にいるかのように、その場面を見ていた。するとすぐに群集がシュマンを巻き込み、ほかの被害者たちが友情のうちにシュマンを称え、力づけようと押し合いになった。「あんなにまでされたくせに！」とエテルは言った。エテルは激しい怒りが込み上げ、それまで父に寄せることのできた愛や哀れみのすべてを覆いつくしてしまうのを感じていた。おそらく、結局は、起こるべくして父に起こったことだったのだ。

それらすべての必然的な結果が、破産であった。一年前から未完成のままだったテーバイは買い手が見つからなかった。そして当初の計画だったように、アパルトマンの賃貸のほうはといえば、実現できなくなっていた。家賃値上げのモラトリアムがちょうどそのときに来ていたのである。すでに入居者のある建物を売ることができなくなるリスクを負って赤字で貸すしかなかった。アレクサンドルは人民戦線に対しても、ストライキをする者たち、デモの参加者たちに対しても、激しく非難するのをやめてしまった。彼はもう不運を責めることとしかしなかった。妻の持参金、モーリシャスの所有地の相続など、すべては消え、ビルディングと公金横領に貪り食われていた。エテルは崩壊の規模をいきなり目のあたりにしていた。つまりシュマンという男は単独行動ではなかったのだ。彼の許にいた何十人という外交員が、コタンタン通りの客間に次から次へと現れていた。エテルはそれらのフェルト帽を被った黒服の紳士たちを見かけたことを憶えており、葬儀人夫を見るようだと思っていた。彼らの革の手提げカバン、書類綴り。あの男たちは空約束をしに来ていたのだ。日本製の紙、ヴァージニア煙草、造船所、掘削《ボーリング》、鉱山、飛行場、マレーシアゴム、ブラジルコーヒー。

その年、古典教育課程のバカロレア試験の準備をするかわりに、エテルは書類を仔細に調べた。シュマンの訴訟以後、父は何かにつけ拒否する自分の戦法を放棄してしまった。エテルが彼の古い記録に立ち入ることを容認したばかりか、それを勧めることすらした、「おまえにすべて任せるよ、ぼくはもう冷静に判断できる状態じゃなくなった、すっかりお手上げだ。でも、ぼくらはきっと逃げ道を見つけるだろう、今にわかるさ。みんなで一緒に立ち向かおう、真の家族として。」とかなんとか言いながら。

それは甘い、とエテルは思うのだった。この話の流れをさかのぼれば、逃げ道などないということがエテルにはよくわかっていた。株の買い入れ、貸し付け、そうしたすべてはどこにも繋がりなどなかった。受益者は世界の向こう側、架空の場所にいた。証書は美しい紙――おそらく日本製――の上に印刷され、悪趣味な飾り、らせん状装飾、会社幹部たちのイニシャルとサインで飾られ、それらはロシアの鉄道やパナマ運河の株のように、今とは別の時代から現れてきたもののようで、ジュスティーヌの整理簞笥の抽斗はそれらで一杯になっていた。証書は時に思いがけないもので、それらを見ながら、エテルは夢や眩暈のようなものに捕らわれるのを覚えた。

ある一冊の分厚い書類は、シュマンには何の借りもなく、「クロンダイクの財宝調査会社、新発見、モーリシャス島」という表題がついていた。それは昔の話だった。エテルは父の膝の上に居たとき、クロンダイクの名前を一度ならずとも聞いたことがあった。クロンダイクがどうした、クロンダイクがこうした、と。他の者は誰も興味を示さなかったが、父が訛りのある、トレモロの、低い声で、我を忘れるまで話すのを聞きながら、エテルはその話を信じたいと思うのだった。ある日、エテルは、「クロンダイクってなあに？」と父に訊ねた。けれどもその名前を上手く発音できず、「ク、ロン、ダイク」と最初の音節のところでつかえた。父は声を低めた。心動かされたのだ。そしてその場所に纏わる秘密を話した。モーリシャスの北の海岸の、人里離れた場所、波に打たれ、絶え間ない風に吹かれた、草《エルブ》島、猫《シャ》島、琥珀《アンブル》島。アミアン[*5]の和約の時代に遭難した一艘の船、最後の私掠船の一隻。ゴルコンダ王国の王[6]、アウラングゼーブの財宝、王が自分の娘のために支払わねばならなかった身代金、黄金、たくさんの黄金、黄金の山、宝石、紅玉《ルビー》、黄玉《トパーズ》、緑玉石《エメラルド》といった掠奪品。それはそこ、陸の内部、火山岩の堆積の下、入り江の奥にあった。どうやってそこがわかったのだろう？　エテルは返事を待たねばならなかった。それかおそらく質問する勇気がなかった。シュヴルールのテーブルターニング、レッヒャーのアンテナ、そんな占い師の振り子の話があった。呪われた海賊が墓の彼方から話しかけてきたのだ。ある晩、マプー[7]で、レオニダが行なった交信。レオニダって？　エテルはその女を、ちょっと妖精、ちょっと魔女のように想像した。レオニダ・Bさ、と父は言った。まるでその名前自身が秘密のままであらねばならぬように。彼女はテーブルをくるくるさせたのよ、と母は冷やかしていた。いや、そうではない。レオニダは霊の言葉を書き取っていたのだ。書類を仔細に調べながら、エテルはこの紙は紛れもなく魔術書であると思った。それはペン先がつかえて、インクの跳ねを残していた。繊細で、絡まりあった筆跡、互いにくっつき合った文字、横線が入ったり下線が引かれたりしている文字。それはさっぱり理解できないので、ドイツ語だろうか、とエテルは思ったが、そのあと、いや、むしろオランダ語だろうと考えた。オランダの私掠船で、モーリシャス島沖合いを横切った最後の一隻。Oxmuldeeran《オクスミユルデーラン》, ananper《アナンペル》, diesteehalmaarich《ディーステーハルマーリッヒ》,sarem《サレム》, sarem《サレム》. それは滑稽で、あきれるほど不合理で、エテルがかつて読んだ中でも、最もおそろしく馬鹿げたものであったが、しかし同時に、それらの文字を辿り、苦労して判読していると、恐れとも喜びともつかぬ微かな震えを感じ、エテルは皺くちゃになった古い紙の上に屈みこんだまま、自分たちの悪運の鍵、不運な星回り、疫病神はこれなのだ、と信じざるをえないのだった。テーブルの前に座り、鉤形に曲がった指を紙の上に置き、白目を剝いて、ペンを走らせていたレオニダ、閉ざされた鎧戸には海からの風が叩きつけていたにちがいない、マプーの木の枝の間でひゅうひゅう吹き荒れていた風、モーリシャスの黒い岩の上でオランダ船を打ち砕いていた風、呪われた宝の場所を示していた石の小山。それからあのクロンダイクという名前、子供だったエテルを驚かせた音節《シラブル》、ただ煙と煤と不幸のことしか語っていなかった、何の意味もなかった、造られた言語の中のあの言葉。クロンダイク、それは存在しなかった、それは一度も存在したことがなかったのだ。

いずれにせよ売らなければならなかった。ジュスティーヌは不平を言う性質《たち》ではなかった。母は黙っていた。「やれやれ、生きるのは楽じゃない。」とちょっとため息をついた。そして「生活はひどく重たい袋ね。」とだけ言った。袋の中身は何だったのか？　エテルは子供時代からそれを知っていた。袋の中に入っていた石ころの一つひとつがわかっていた。モード、あの決して終わらない関係、父と母を隔てていた修復しようのない、ぱっくりと開いた穴のたぐい。それでも結局、両親は共に居続けたのだ。欺瞞は消え去らないだろう、互いに叩き合って残した傷跡も、だが結婚の筏は流れ続けるだろう…。エテルはクセニアのように罵っている自分にふと気がついた。もうたくさんだ！　筏も、繰り言も、愛情も、どうでもいい、もうたくさんだ。彼らはすでに年取っていた。アレクサンドルは、廊下のタイルの上で転倒して以来ひどく衰え、昼も夜もベッドの中で鼾をかいて、ぜいぜいと喘ぎながら過し、死人のように顎鬚に覆われ、ひどく蒼白い顔をしていた。

あの数々の裏切り。ずぼらさ。湯水のように使われた金。持参金、アルマ、ロネ、リッ・ション・オーの砂糖工場の売却金。エテルが子供時代から耳にしてきた名前。例の書類の中に、エテルは下のようなイラストを見つけた。それは苦々しいにもかかわらず、エテルを笑わせた。ずうずうしくて欲張りな相続人たちの私腹を肥やす一方、腸に溜まった膨大なガスの重みの下で秤が赤字に傾いていた、あの伝説の場所、アルマ、それは父が復讐のペン先で描いた風刺画――モーリシャスの家族の資産から今や残されたもののすべて――であった！

あの時代から生き延びたものは何だったのだろう？　すべて

の者が破産し、多くは極貧の中で死んでいた。年老いたおばたちは何も持っていなかった。とりわけ、結婚せず、兄と姉妹たちのお情けで生涯を暮らしていたミルーおばは。他の姉妹たちにしても大した違いはなかった。彼女たちも賭けや結婚で財産を失い、喜んで、自ら望んで騙し取られたのであった！

それは夏になるすこし前だった。エテルは後に思い出すことになるが、それは異常なほど憂鬱な日で、町は眠りこけているように見えた。例の事故からほぼ立ち直ったアレクサンドルは、ふたたび外出を始めた。帽子を被り、栄光の時代のグレーの三つ揃いで完璧に身を固め、顎鬚を鋏で切り揃え、黒髪を丹念に櫛で撫でつけ、彼は仕事に出かけていった。

「でも、いったい何をしようというの？　新たな上手い儲け口を見つけるとでも？」とエテルは皮肉を言った。「そんな言い方をするものではないわ、」とジュスティーヌは窘《たしな》めた、「お父様はみんな売り尽くしてとてもつらい思いをしているのだから。」エテルは諦めている母に反発した。「つらいのはあたりまえでしょ！　パパは何をしようとしているの？　誰と？　そしてわたしたちはいったいどうなるわけ？　どこへ行こうとしているの？　どうやって生きてゆくのよ？」エテルは思わずそう口走っていた。あらゆる問いが喉元に込み上げ、まるで横隔膜の上で犇くように、それらがそこ、胸の奥で押し合いへし合いするのを感じていた。七月が来る前のパリの物憂さがのしかかり、吐き気を覚えさせた。あのアスピリン剤のような青白い太陽、あの汚い川。蓋のようにこめかみを締めつける空。エテルは手帖にこんな苦々しい詩句を書きつけた、

「あの錠剤をセーヌ川に投げること、パリを頭痛から救うために。」

クセニア、彼女はどこにいたのだろう？　数ヶ月前からクセニアは消息を絶っていた。ダニエルとの結婚は行なわれなかった。エテルはそう確信していた。未来の家族は躊躇していた。彼らの息子はそれ相応でなくてはならぬ値打ちがあった。そして彼の方はその結婚を望んでいたのか？　彼にはクセニアがどれだけ独特で素晴らしいか、そしてたとえクセニアの靴紐を結ぶことも、あの灰青色の目を見ることも、彼には絶対に値しないということが、はたしてわかっていたのだろうか？

頭がくらくらした。エテルは母の手を取った。「さあ！　あそこに行かなくちゃ！　手をこまねいている場合じゃないわ！　戦わなくちゃ！」

エテルは自分が、まだ経験のない、若さから来る情熱と自信に満ちた、戦いに乗り出す真面目な少年兵であると感じていた。ジュスティーヌは渋っていた。しかしついに譲歩し、ヴェールのついた帽子（ソリマン氏の埋葬のために被っていた）を被ると娘に腕を差し出したが、母を引っぱっていったのはエテルの方だった。彼女たちはボンディ先生の事務所に入っていった。自分の遺産を失った室内をふたたび見ながら、エテルは冷たい怒りを覚えた。公証人だって責任がある

のではないか、結局は父と同じくらいに？

「奥様、お嬢様？」公証人は相変わらず紙粘土みたいな顔色で、退屈そうにしていた。いったいどうやって父はこんな男を信用することができたのだろう？　エテルは母に口を開く暇を与えなかった。「わたしたちの状況をご存知ですよね？　父はすべてを失いました。あとはわたしたちが住んでいるアパルトマンと、土地のほんの一部と、ドゥクーさんに貸しているアトリエだけです。どうしてくれますの？」

ボンディは書類を調べるふりをしていた。その赤褐色に塗られた口髭はきれいに撫でつけられ、鼻の穴から出ている灰色の毛と混じり合っていた。「お父様はすべてを失ったと仰いますが。わたくしはそのようには聞いておりません。お父様は――つまりわれわれは――ある大切な買い手の方と交渉している最中です、そしてわたくしはその責任を負うことはできるで…」

「いえ、いえ、わたしが頼んでいるのはそのことではないんです。」エテルはひどく胸がドキドキしたが、落ち着いて話そうと努めていた。「父に必要なのは約束ではないんです。一度全部決済されて、支払われたときには、コタンタン通りのアパルトマンに住み続けられるという保障が父には必要なんです。」

ボンディ先生は不意を突かれた。おそらく彼はこれまでの経歴で、決済を求めに来た十九歳の若い娘と取引をしたことなどなかった。彼は法律に守られていると感じていただろうし、いかなる横領の罪も犯してはいなかった。アレクサンドルをソリマン氏の遺産所持者にした行為はみな法に適っていた。しかし現実はこれだった。つまり彼はそれをジュスティーヌの打ちひしがれた顔と、エテルの厳しくて爛々と光る目の中に明らかに見たのである。破産、将来への不安、アレクサンドルの病、この二人の女が置かれている八方塞がりな状況。公証人は書類を閉じた。おそらく同情したのか、あるいは自らを恥じていたのかもしれない。

「ブランさんのお嬢様、できるだけのことはいたしましょう。銀行との交渉がまだ間に合うことを願っています。しかしあまりわたくしに期待はかけないでください、お父様に助言することはできますけれど、お父様がしたことを解消することはできませんので。」

「父の健康状態が的確な判断を誤ったとしても？」

ボンディ先生はジュスティーヌよりも先にエテルの質問を理解した。

「ええ、もちろんですとも、お父様の状態を考慮すると、お父様の財産管理人の下に永久に資金を要求することができるでしょう。ただし診断書が要り様ですが、医師の…」

「とんでもない！」ジュスティーヌは思わず叫び声を上げそうになった。「そのようなこと、そのような不名誉なことは、主人のために絶対に承知できません。」

彼女たちは出て行った。今度は、エテルはもう母に腕を貸していなかった。エテルは歩道に踵を叩きつけながら早足で歩いていた。モンパルナス大通りは混雑していて、騒がしかった。カフェのテラスは、ビールの小ジョッキを傾ける男たち、女たちですでに一杯で、自動車と小型トラックがメーヌ並木通りの交差点で渋滞していた。エテルは早足のまま歩き続け、背後で息を切らしながら、呼吸をするごとにおそらくヴェールを鼻に張りつかせ、小走りに歩く母のちょっと哀れで微かな足音を耳にしていた。この人たちはみな、とエテルは思っていた。この無関心な人たちはみな、一人一人が自分の泡の中、貝殻の中にいるのだと。このぶらぶらしている人たち、かたや忙しそうにしている人たち。真面目くさった人たち、尻軽な女工たち、芸術家たち。みんなブールヴァールのお芝居だ。誰も他人のことなど本当に気にしちゃいないのだ。ここはいなくなることができる町、もしも誰かを見失えば、もしもリセの体育の授業のように徒競走で引き離してしまえば、もう二度と会えなくなるような町！

エテルは突然クセニアのことを思った。まるで数ヶ月離れていたことが、より一層彼女を必要としたかのように、突如としてクセニアの姿が甦ってきた。パリのどこかにいて、自分の側の、自分の人生を生きているクセニア。シャヴィロフ家は住所も告げずに引越してしまっていた。エテルはジョフロワ＝マリー通りの仕立て屋のことをしきりに思ったが、そこへ再び出かけて行く勇気はなかった。カフェで待ち伏せし、クセニアか姉のマリーナが通りかかるのを待ち受けたりなど策を弄することもできたかもしれない、しかしカフェ店主の冷やかしの目や、あの不良地区で娘たちを漁っている男たちの色目使いを思うだけでもぞっとした。クセニアはエテルの友だちだった。たった一人の友だち。もっとも近くにいて、人生でエテルに影響を与えた人。それに、この混雑した歩道の上で、コンクリートに踵を強く叩きつけ、前へと進みながら、エテルが真似をしていたのはクセニアだった。決意していたクセニア。生きるために戦っていた人。すべてをあざ笑い、みんなを馬鹿にできたクセニア、人生を成功させる決心をして、遠くからやって来たクセニア。

それは押し寄せる幸せの波であり、陶酔だった。エテルは歩みを緩め、まるで道を探しているかのように、歩道のはずれでちょっと立ち止まりもした。ジュスティーヌがすこし息切れしながらやって来て、エテルの腕にすがった。「早すぎて追いつけないわ。」ジュスティーヌは軽かった、一羽の小鳥と同じくらいに。

エテルは理解した。そして母を見た。エテルは町の向こうにいるクセニアに話しかけていた。自分の物語は選ぶものではないのね。それは探さないでも与えられているのよ、そしてそれを拒んではならないし、拒むことはできない。

もちろん、そうしたことはすべて無駄であった。まるで運命は仕組まれていたかのように、ジュスティーヌとアレクサンドルに結びつけられていた見えない糸は彼らを不幸の方へ、どん底の方へと引っ張っていくのだった。ボンディ先生はあの後すぐに電話をかけた。そして競売を一時中断することに成功し、ある買い手が土地と未完成の建物の担保のみで、借金の返済に充てることを提案した。アレクサンドルはコタンタン通りのアパルトマンと芸術家のアトリエの使用権を確保することになり、それはまるで悪夢が消し去られたかのようであった。ジュスティーヌはきれいなドレスを着、髪を結い、白粉を塗り、香水をつけて、夫の帰りを待っていた。母はお茶とトウモロコシのお菓子を用意し、エテルは母が食卓の用意をするのを手伝った。ちょっと大げさね、オデュッセウスのイタケーへのご帰還だわ、とエテルは思った。それにしても、ちょっと芝居じみていると。夕方頃、アレクサンドルは疲れ切って帰ってきた。外の暑さで父は憔悴し切っており、肘掛け椅子に倒れ込んだ。父はティーポットに見向きもしなかった。「終わったよ、すべては済んだ。もう借金はない。新しい暮らしを始めよう。」エテルは母を見ていた。ジュスティーヌはまだ理解していなかった。彼女は問いただしたり、その声は次第に高まったりした。それは今や喜劇であった。オペラか、むしろオペレッタ。エテルは音楽を、何か軽い、すこし壊れた、リトルネロを思い描いた。「どうして？　どうして？」するとアレクサンドルの低い声、間延びしたモーリシャス訛りが例のごとく答えた、「どうしようもないじゃないか？」客間の会話の最中に、「しょうがあるめえ？」と言っていたように。暑いので、その顔は暗がりの方を向いていた。事故に遭ってから、父はもう顎鬚を染めることもなく、白い筋が両側に、頬の下に表れていた。

新しい暮らし！　アレクサンドルはデュト通り二十九番地所在の、ユルベンヌ自動車というパリのタクシー会社に、アパルトマンとアトリエを含めて全部売ってしまったのである。あわよくば、家具もピアノも、フランドラン作と称する『兄弟たちに売られるヨゼフ』のあの忌まわしい絵までも売り飛ばしてしまったことだろう。父がその一日を費やしたのはそれだったのである。署名をすること、渦巻き模様に取り巻かれたアレクサンドルという名前のところに、あの名誉ある略署名をすること、もう何もない、何一つ残っていない、ジュスティーヌが泣くための二つの眼よりほかにはと、すべてが同じことを言う、あの無意味な書類の上に。

エテルは思いがけなくこう皮肉った。タクシー会社に買い取られたクロンダイクの財宝調査会社、この物語には教訓があるにちがいないわ！　アレクサンドルは彼女たちの叫びと抗議の声に耳をふさいだ。つかの間、彼は例の尊大さを取り戻していた。ばさばさの口髭、爛々と光る目、父は頑固一徹だった。

それから煙草を吹かすために自分の小部屋へ閉じこもりに行ってしまった。発作を起こして以来、煙草は禁じられていたが、今やそれには何の意味もなかった。父にはそれが必要だった。煙は現実を覆い隠すための幕の役割をしていた。彼に残された生きる時間は重要なものではなかった。もうじき立ち去るか、それとも死なねばならないのである、それは大して違わなかった。

エテルには、父が遠い過去の方へ、子供時代の島の方へ、何もかもが永遠に見えたアルマのすばらしき領域の方へと戻ってしまったことがわかっていた。エテルもジュスティーヌも、その夢に近寄ることはできなかった。それこそがおそらくはクロンダイクの宝の秘密、他の誰一人立ち入ることができない場所だったのである。

ル・プルデュー

エテルは空を漂っているような気がした。エテルが好きなのは雲だった。砂丘の砂の中に横たわり、軽くて自由な雲がどんどん流れ去るのを見ていた。エテルは雲がやって来た空間を、エテルのところへたどり着く前の、大洋の広がり、波の畑を夢想していた。雲はそれほど高くはないところを、時々ぶつかり合ったり、合流したり、分裂したりする白い玉になって滑っていた。狂ったようなのもいくつかいて、ほかの雲より早く走り、綿のような小さな玉や、たんぽぽの綿毛や、葦の房のようになって、ちりぢりに消えていった。地面は雲の下で気の遠くなるようなゆっくりした動きで進んでいた。浜辺に轟々と寄せる波は作動しているエンジンで、海の台地を押しやり、容赦なく世界を転がしている最中だった。それから大きな白と灰色の雲がやって来て、エテルと太陽との間に割り込み、それは巨大な頭と、体の遠い隅っこに小さな小さな尻尾のある大きな鯨のように見えた。砂丘の砂はエテルをかこみ、締めつけ、ゆっくりと閉じこめていった。

突風が来るたびに、顔と脚と腕を無数の針が叩きつけていった。エテルはこの場所に、砂丘の高みの、海が決してやって来ることのない白くて乾いた砂の中、アザミや棘のある植物が生え、タマリスクの赤い種子が撒き散らされた境界、その自分の場所に、ずっと昔からこうしているような気がしていた。

エテルが十二歳の夏。もう名前も思い出せない青年に彼女は初めて恋をした。青年の方は十五、六歳で、彼がエテルに近づいてきて、無理やりに舌の先を入れてキスをしたとき、エテルは体をふるわせた。雲は今日と同じように流れ、エテルは暑さと、焼けつくような痛みが開いたり閉じたりするのを、空の中に、自分の体の中に感じていた。未知の、不安をかき立てるような何かを。

エテルは仲間の若者たちと計画を立てたものだった。農場の道を自転車で、小さな集落から集落へ、町から町へ行き、浜辺で眠ったり、または雨の日は納屋で眠ったりしようと。それはル・プルデューやベグ＝メイルといった近郊の別荘の若者や娘たちで、エテルの方はリウ夫人のペンションに両親とともに滞在していた。その夏に、エテルは初めてローラン・フェルドと話をした。彼は海辺の仮宿におばや姉とともに滞在していた。初め、エテルはローランのことを内気で、ほとんど不器用な人だと思った。彼は些細なことで顔を赤らめた。それはエテルがクセニアとの親密な友情を味わっていた年だったが、ローランの方はクセニアとは正反対、お金持ちで、真面目で、笑いもしなければ泣きもしなかった。

それから、少しずつ会ううちに恋愛感情が芽生えた。それは荒々しく狂おしいような熱愛ではなく、クセニアとダニエル・ドネの婚約のように——ロシア貴族の亡命者で極貧に貶められた娘が、彼女に安全と実業家の家族の体面とルーアンのブルジョワ階級の安楽を保障するという、無口で疑り深いでっぷり太った青年に身を捧げようとしている、あの不可解な契約のような——ドラマティックなものではまったくなかった。いや、そんなものとはまるで関係がなかった。ローラン・フェルドはエテルにとても恋していて、前の夏以来、エテルに週に一度、たまには二度も手紙を書き、それはいつも厚めの封筒の上に、同じ書式でこう書かれていた——

Mademoiselle Ethel Brun
30, rue du Cotentin, 30
Paris XVᵉ

そしてつねに変わることなく『チャリング・X・ステーション』の消印の押された、ジョージ六世の肖像画の切手。

エテルは封を開けると、ちょっと酸っぱい、汗のにおいのする紙のにおいを吸い込んだ。そして几帳面な文字の上、あまりに短かすぎる文章の上に目を走らせた。ローラン・フェルドは政治、文学、ジャズの話を記していたが、自分の気持ちは決して書かなかった。時々、エテルはその文字を読まなかった。紙のにおいを嗅いだ後、開かなかったとでもいうように、封筒の中に手紙を折って滑りこませるだけにした。エテルは自分が愛するよりも多く愛されていることに満足していた。エテルが思い出していたのは、「わたしが望むのは、わたしが愛する以上にわたしのことを愛してくれる男性に出会うこと。」と言っていた、あの頃のクセニアのモットーだった。

今、ローランはそこにいた。英国陸軍の真新しい軍服を着て、ニューヘイヴン号を下船していた。戦闘帽、軍用外套、カーキ色のズボン、そして申し分なく磨かれた黒い革靴。エテルは可笑しくてたまらなかった。なぜならローランはいつもの様子と変わらず、軍人のようではなくて、シティーにある事務所へ向かうロンドンの弁護士のよう、それよりさらにぎこちなく、顔は海からの風でばら色になり、鼻は日に焼け、髪はとても短く、手には黒革の小さな旅行鞄を提げ、腕には丸めた傘を挟んでいたからだ。

ローランは同じペンションに部屋を取ると、コナンの自転車屋で借りた自転車に乗って、エテルと一緒に丘を越え、浜辺まで続く細い窪地の道を走り、農園では厚切りのブラウンブレッドとベーコンを、ビストロではクレープを食べ、上げ潮の中で水浴びをし、ライタ川の凍りつくような冷たい水で体を洗った。彼らは海草や水底の泥のにおいを嗅ぎ、サンダルや下着の中まで灰色の砂にまみれ、塩で髪を張りつかせていた。ローランは鼻、肩、脚、足の甲の皮が剝け、彼らは浜辺に横になると、エテルは剝けた皮を引きちぎって遊んだり、それを風に投げたりした。夕方、髪を逆立て、疲れきってペンションに戻ると、ローランはアレクサンドルのお喋りを聞くのにつき合うためにブラン家のテーブルに着いたが、エテルの方はまっすぐに屋根の下の小さな寝室へ行き、服も脱がずにベッドに身を投げると、スレートに吹きつける風の唸り声も気にせず、あっという間に眠りに落ちるのだった。

エテルの中には激しい怒りのようなものがあった。それは気持ちを昂ぶらせると同時にひどく不愉快で、抑えがたく、不可解な、発熱の震えのようにやってきた。もちろん、それは誰にも言えなかった。おそらくクセニアにならもし彼女がそこにいたなら、言えたかもしれない。しかしクセニアはエテルをこう馬鹿にしただろう。あなたはあり余るお金と物とであまりに安楽な暮らしをしていた。だから今どうしたいのかがわからないのよ。世界は摑まなきゃならない、それか失うか、それはあなた次第なのよ、とかなんとか。

それともクセニアは何も言わなかったかもしれない。クセニアは恐るべきエゴイストで、自分に関係のないことはただ単に存在しなかったからだ。

世界はまさに病んでいたのか？　この震え、この吐き気、それはとても遠いところ、ずっと昔の方から来るのだった。

ル・プルデューの砂丘の夏にいる今、恋人との約束の時間を待ちながら、エテルはこの苦痛のすべての根源、支根、小静脈、すべての毛細血管を、自分の人生を覆いつくした織物の目のように数えることができるのだった。それは想像の産物などではまったくなかった。それはあらゆるくだらない裏切り、心の中に居座っていた日々の沈黙、空虚だった。母の声が闇の中に上がり、鈴の音に似たすすり泣きの中に砕け散っていたときの、しばしばあまりに辛辣な言葉、感情の荒れ、そしてそれに答えていた父の声、次第に大きくなり、轟き渡っていた不明瞭な言葉。それからバタンという扉の音、廊下を遠ざかっていった靴音、またバタンという扉の音、道の上を遠ざかり、夜の中へと消えていった足音。その帰りを願い、待ち続け、眠気と煙草の煙とで重くなった呼吸と、廊下を歩くひそかな足音に気づかぬうちに、眠りに落ちていったエテル。

　無意味で、偉ぶった、客間でのあらゆる会話、あのみんなの声、モーリシャス女たちの小さく歌うような声、サフラン色のカレーの残りとちょっと酸っぱいシャティニ[*8]の上に漂う、ヴァニラ入りの砂糖とシナモンのにおい。傲慢で、邪《よこしま》な虚栄心、あの身内の者たちの、現実を否定し、永遠に消えてしまった親類縁者、おそらく実際には存在しなかった親類縁者の姓を口走るといったあのやり方。エテルも多かれ少なかれブラン家の歴史によってそこに結びついている（少なくとも、ブラン家はその姓に小辞[*9]を付けることを潔しとしなかった）モーリシャスの下流貴族の、あのキンキラキンに飾り立てられた、でっち上げの、あほらしい姓。オペレッタ風の姓、種馬飼育場で雌馬と種馬が交尾して生まれた姓。

　レ・ザルシャンボー、ベズニエール、ド・ジェルシリー、ド・グランモン、ド・グランプレ、デスパール、レ・ロバン・ド・トゥアール、レ・ド・シュルヴィル、ド・ステール、ド・サン＝ダルフール、ド・サン＝ノルフ、レ・ピション・ド・ヴァンヴ、レ・クレリー・デュ・ジャール、ポンタランヴェール、レ・セルツ・ド・ステーリング、クラオン・ド・ラ・モス、デドワールド・ジョンヴィル、クレアシュ・デュ・ルゼ、ド・スルト、ド・サンシュ、ダルモール。

すでに前の年の九月二十三日と二十四日に報じられていた、北の国境からの集団移動のニュース、馬車と手押し車で道へと乗り出した、あのすべての人々。彼らの上に吹きつけ、木々を路上に横倒しにした嵐。いつもより早い冬の寒さ、財政の暴落、借金の即時の返済を求め、その後すぐに閉店した銀行、そしてその経営者たちはスイス、イギリス、アルゼンチンへすたこらと避難していた。

ラジオ受信機からざあざあ聞こえていた声、高まり、エスカレートしていたあの力強いしゃがれた声。宙に放たれていたその言葉、そして声を合わせて繰り返していた周囲のざわめき、砂利浜の上で海が擦れ合うような音、防波堤の凸凹の上で波が砕けるような音。向こうの、どこかで、ミュンヘンで、ウィーンで、ベルリンで、聞こえていた群集の叫び声。あるいはル・ヴェル・ディヴの競技場で、ラ・ロック、モーラス、ドーデを支持していた者たち、極右系同盟を歓呼し、共産主義者を罵倒していた者たち。そしてコタンタン通りの客間で、熱狂していた女たち、浮かれ女たちの声、「なんて強いのでしょう、なんという天才でしょう、なんという力でしょう、ねえ、皆さん、なんて感動的な意志でしょう、たとえ言葉がわからなくても、あの人には感動しますわ、古くからの悪魔たちから救ってくださるのも、あの陰険な目をしたアジア人、レーニンから守ってくださるのもあの人、スターリンを打ち負かすのも、野蛮人たちから守ってくださるのも、みんなあの人よ。」

エテルは熱い砂の中に身を埋め、雲の下を進んでゆく松林を見ていた。ある午後のたそがれ時、コウモリが小バエを追いかけ砂丘すれすれの輪舞を始めていたとき、前浜で潮がひたひた揺れる夕凪の穏やかな空気の中、エテルとローランは長い間、泳がずにただ緩やかな波に身を任せていた。浜辺には深い静寂があり、数キロにわたって人の姿はなかった。針葉のとげとげした絨毯の上で、彼らは濡れた水着のままでセックスをした。というよりそれは真似事で、黒い布の下でピンと張ったローランの性器が白い水着の下で窪んでいるエテルの性器に押しつけられ、それは初めのうちはゆっくりとした長いダンスだったが、次第にもっと早くなり、彼らの皮膚は空気の冷たさの中で震え、海水のように塩辛い汗の雫が玉になり、エテルは顔を後ろにのけ反らせ、空に向かって目を瞑り、ローランは踏ん張って、目を大きく見開き、顔をちょっと顰め、背中と腕の筋肉を固くしていた。彼らは自分たちの乱れた心臓の音と、肺の喘ぎを聞いていた。エテルが先に、後からローランが行き、彼はたちまち横に逸れて、自分の水着に手を押しつけると、そこには温かい星の形が広がっていた。

ローランは一息つくために無言のまま、いつもと同じようにぎこちなく、ほとんど恥じ入って、謝ろうとしていたが、エテルはその暇を与えなかった。エテルはローランの上に転がり込んで全体重でのしかかっていた。砂が歯の間できしきし鳴り、髪の房が黒い海草のように顔中を覆っていた。エテルはローランを黙らせるために口づけをした。何も言ってはならなかった、とりわけ愛しているとか、その類のものはすべて、どんな言葉も一切口にしてはならなかった。

その晩、二人は砂混じりの小道の上を、風になぶられ、髪を乱し、真っ赤になりながら大急ぎでペダルを漕ぎ、リウ夫人のペンションへと戻っていった。彼らは同席者のざわめきに耳を澄ますことも、いつもの聴衆の前で長広舌を揮っているアレクサンドルの声を聞くこともなく、早目に夕食を取っていた。ジュスティーヌだけが二人を横目で、知っているわよ、とでも言いたげに、ちょっと悲しげにじっと見ていた。彼らはそれぞれ狭いベッドへ、ひんやりしたシーツの中へ寝に行こうとしていた。背中と股のつけ根の皺に熱い砂、臍の穴にかたまった小さな砂の塊をつけたまま。

ローランはイギリスへと出発した。小さな旅行鞄を手に持ち、暑いので上着の襟を少し開け、戦闘帽を丸めて肩のベルト飾りの中に入れ、太陽と海によってさらに日焼けして、彼は北駅のプラットフォームに立っていた。エテルはこの若者の胸に頬を押しつけたが、プラットフォームの喧騒のせいで彼の心臓の鼓動は聞こえてこなかった。

それからすぐに、どっぷりと現実に浸からねばならなかった。まるですべてが加速したかのようだった。ちょうどクランクハンドルが激しく回ると、場面が跳び、動作が滑稽にぎくしゃくし、人々が走り、目がきょろきょろし、顔がおかしな表情をする映画みたいに。ブルターニュから戻ると競売が始まった。客間の中は身内の死後のようだった。掻き集められた家具、シート、知ったかぶりの商人たちが鍵盤を一つひとつ試せるようにと、蓋を持ち上げられたエラールのピアノ。ふいに向かっ腹が立ち、エテルは腰掛けに座ると、背筋を伸ばし、呼吸を整えた。エテルはピアノを弾き始めた。最初は少しこわばって、やがて体の中に熱が入ってくるのを感じると、なめらかに。エテルはショパンの『ノクターン』を弾いており、その音色は開け放たれたガラス戸から出て、秋のせいですでに黄色く色づいた庭を満たしていた。エテルはこれほど上手く弾けたこと、これほど力を感じたことは今までにないという気がした。風の中でマロニエの葉はくるくる回り、『ノクターン』の一節一節は散りゆく葉の一枚一枚と混ざりあっていた。音色の一つ一つ、葉の一枚一枚…。それは音楽、青春、愛への別れ、ローラン、クセニア、ソリマン氏、薄紫の家、エテルが親しんだすべてのものへの別れだった。もうじき何も残らなくなるだろう。弾き終わると、エテルはまるで宝の箱を閉めるようにバタンと蓋を閉めた。すると古いピアノはすべての弦を同時に響かせ、低くて混ざり合ったおかしな音を送り返した。嘆き声、あるいはむしろ悲痛な嘲笑だ、とエテルは思った。ジュスティーヌはエテルのそばに立ち、涙で目を赤くしていた。泣くのに打ってつけの時、とエテルは呟いた。しかし実際に言葉は喉から出てこなかった。泣くのに打ってつけの時、そう、でもあなたは昨日泣くべきだった、まだ何かしらできたときに。

つかの間の音楽の時が過ぎ、事は慣例どおりにふたたび続けられた。古道具屋、骨董屋、屑屋、引越し屋。おばたちが来ていて、彼女たちもまた、こっそりと、軽く微笑みながら、あちこちをくすねて回っていた。中国製の一対の壺、バカラクリスタルの果物入れの盆、東インド会社の唐草模様の皿、大きなカリヨン付きの置時計、エテルがソリマン氏の筆記用具差しの上でいつも目にしていたブロンズ製のグレーハウンドの文鎮。ジュスティーヌとアレクサンドルが呆然として、持っていかれるのを見逃しているものならば何でも。「よき時代の思い出に」と、おばたちは言い訳をしていた。エテルはそれを許しがたいという目で見ていた。いずれにせよ、最初の目録作成をした裁判所の執行官である裁判官氏が、猫なで声で、「お嬢様、ご心配なさらずに、わたしが完全にあなた方の有利になるように目録を作りましょう。」と言いながら、金メッキした小さな銀の匙のコレクションを、平然として手に入れたではなかったか。

ジュスティーヌが唯一持っていかれることを拒んだもの、それはあのイポリート・フランドラン作とされている忌まわしい大きな絵『兄弟たちに売られるヨセフ』だった。というのは、それは母方の祖母から彼女に来たもので、目録から抜け落ちていたからである。それを外してくれという指示が出たとき、ジュスティーヌは絵の前に赴き、毅然とした眼差しで、胸の前で腕を交差させたので、引っ越し屋たちはあえて近寄ろうとはしなかった。その絵は結局、売れ残って差し押さえ禁止の、廊下に置かれたすべての雑多な山と一緒になった。もちろん、誰一人、とりわけジュスティーヌ自身、そのときは夢にも思わなかったのだ、これらの物が預けられることになる封印した貨車が、スチューカ[*10]の線路橋への最後の攻撃の一つに爆破され、そしてヨゼフは掠奪され、永遠に消えてしまうということを！　まさしく、爆弾で大穴が開いた貨車の中身を、急いで空にしたあの真面目な人々、自分の兄弟たちに売られてしまうということを。

第3章　沈黙

六月のパリの上の沈黙。熱狂状態、ざわめき、首都の上に無差別に落とされたあの数個の爆弾、そして防空措置のサイレン、地下室での家族たちのドタバタ騒ぎ、コークスで真っ黒になった子供たちの地上への復帰、地下鉄通路での慌しい駆け足——、とりわけ口が立てる音、あれらの噂、無駄話、憶測、ジャーナリズムの喧伝の後の、自称外務大臣ボードゥインが、「イギリスは、われわれフランスとイギリスとを結び付けていた最後の絆を断った。」と宣言した、メルセルケビール海戦[*1]の後の。そして、ブルム、オリオール、マンデル、ダラディエ　ジャン・ゼイたち——ルメルシエ将軍夫人は『グランゴワール』[*2]を引用して彼らを「余暇内閣！」と評していた——と共に、ブロック[*3]やポマレ[*4]がペルヴォワザンの監獄に入れられた、という会話の後の。

パリの上の沈黙、そして打ち捨てられた庭に滝となって落ちていた生暖かく心地よい雨。六月十二日以来、アレクサンドルはずっと黙ったままだった。彼はもうラジオの声を聞くことすらなかった——ドイツ人たちがパリの前に陣取り、戦車と装甲車がモンパルナス大通り、サンジェルマン大通り、シャンゼリゼ大通りの車道を揺るがしていたときに、われわれの戦勝軍はムーズ川の前線で敵を食い止めており、敵がマルヌ川を越えることは決してないでしょう！　と嘘っぱちを騒ぎ立てていたあの声を。

　アパルトマンは荒廃地帯のようだった。壁の絵が掛かっていた跡、ピアノの脚、整理箪笥、ネオゴシック様式の箪笥、アレクサンドルの机が置かれていた跡。あちこちで、丸まった紙、電気コード、誰も欲しがらなかった彩色ガラスのシャンデリアといったものが、服や靴、食器、台所用具と一緒になり、埃だらけのボール箱から食み出していた。みんなは何かわからないものを待っていた。おそらくは、通常に戻ることを。危機は過ぎたのだし、そのあと何事もなかったのだから。本物の戦争すらも。すべては始まる前に終わってしまったのだから[*5]。混乱した情報、総統《フューラー》の声、空っぽの壁の間で鳴り響き、高まり、夏の空から来るように思われ、雷雨のように轟いていたあの声も。

　日曜日の昼食会はもう行なわれなかった。常連たちは一人また一人と、断りもなしに離れていった。彼らはもうどこに座ればよいのかわからなかったのだ。残っていたのは、虫に喰われ、色褪せ、木切れをくっつけたり、鉄線を巻いたりして修理された、古道具屋が誰一人見向きもしなかったジュスティーヌの古い安楽椅子だけだった。

　最後の常連の一人、クロディウス・タロンがやって来た。彼は得意気にL. V. F.《対ボルシェヴィキフランス義勇団》のトリコロールのエナメルを引いたクロム鍍金の小さな記章をつけていた。そして長広舌を揮っていた。アクシオン・フランセーズはユダヤ人が映画館を持つことを禁じるよう要求しました！と。タロンは「ドイツ国民は、昨日は敵であったこのフランスが、今日はドイツ国民の仲間になれるだろうという考えに感激している。」というカザビアンカ大尉の声明を物々しく読み上げていた。エテルは吐き気を覚え、人気の無い道を歩き回ったが、タロンの鼻にかかった声が、その皮肉たっぷりの言葉とともに頭の中に反響するのだった、「ゴルデンベルク、ヴァイスコプフ、レヴィ、コット、タブイ夫人、ジェロ、〝こちらはロンドン、フランス人がフランス人に話しかけます〟！」[*6]そして、十五区の区役所の壁には、次のような『官報』の公布が貼られていた――

「第一条、三代前の祖父母からユダヤ人種、またはもし配偶者がユダヤ人なら二代前の祖父母からユダヤ人種であるすべての者は、ユダヤ人と見なされる。第二条、ユダヤ人は、以下のような公務員の就任および従事をしてはならず、委任もされてはならない――（1、国家元首、政府の議員、国務院議員、レジオン・ドヌール勲章の評議会員、破棄院議員、地雷部隊員、土木局員、第一審裁判所判事、治安判事。（2、外務官、知事、副知事、国家警察官。（3、高官、植民地の総督、行政官。（4、あらゆる教職団体。（5、陸、空、海軍の将校。（6、官公庁、公共企業の職員。さらにユダヤ人は次の職業に従事してはならない――編集者および新聞、雑誌経営者（ただし科学系は除く）、映画製作者、映画監督、シナリオライター。映画館、劇場支配人。この公布は全国土、およびアルジェリアと他のすべての植民地で適用される。
署名者――ペタン、ラヴァル、アリベール、ダルラン、デュンツィゲール、ベラン。」

そして、別のある日――

「ユダヤ人の人口調査を命じる六月二日の法。
ユダヤ人として規定されたすべての者は、一ヶ月以内に県知事まで出頭し、文書により職業、戸籍を申告し、財産目録を作成しなければならない。違反者は全員禁固刑に処される。この法律はフランス、アルジェリア、全植民地、そしてシリアとレバノンでも適用される。」

さらに――

「六月十七日の法――
すべてのユダヤ人種は以下の職業に従事することを禁止される――銀行家、保険代理人、広告業者、金貸し、証券取引所の仲買人、穀物販売業者、画商、古美術商、森林伐採業者、賭博場所有者、ラジオまたは雑誌の情報記者、出版者。
署名者――ペタン、ダルラン、バテルミー（法務大臣）、レイドゥ（工業生産省副大臣）、ジェローム・カルコピノ（文部省副大臣）。」

『グランゴワール』に書かれた名前——

「フォム・ラートの暗殺者、ヘルシェル・グリュンシュパン。アンシュルス《独墺合邦》を引き起こし、スペイン人避難民に国境を明け渡し、スペイン赤軍に飛行機を輸送した犯人、ローブとブルム。」

アンリ・ベロ[*7]によって暴露された名前——ジャン・ゼイ、又の名をイザヤ・エゼキエル、レオン・ブルム、又の名をカルフンケルシュタイン。そして公衆の面前で、アルファベット順で『官報』に公示されたユダヤ人企業主の名前、延々と続く屈辱的なリスト——

アクセブラ
アクテンキーム
アブラモヴスキー
アストロヴィッツ
ベルジェ・ジデル
ブルムキンド

ブラウン
カーン
シャポクニック
コルン
ダヴィド
ファン
ファテルマン
フィンキールシュタイン
フォンクス
フリードマン
ガラツカ

それらをエテルは何気なく読み、本能的にローラン・フェルドの名前を探した。まるでこの不名誉なリストが彼のことを、英仏海峡の向こうの、ローランのいるあの場所を見つけてしまい、彼の隠れ場、エテルの心の中の秘密を暴き、そしてタロンの耳障りな嗄れ声によってそれが告発されてしまったかのように。あるいはルメルシエ将軍夫人が二万人のパリ人と共に全世界のボルシエヴィスムに対する大いなる戦いにおけるドイツ、フィンランド、ルーマニア軍への不滅の支援を告げに、ル・ヴェル・ディヴでのL.V.F.の大集会から熱狂して帰ってきたときに、この女が舌先で「ツッツ　ツッツ！」とやりながら首を横に振るあの仕草、あの当てこすりによって明らかにされてしまったかのように！　アレクサンドルはうなだれたが、ジュスティーヌの方は憤慨し、名誉か、記憶か、何かわからないが、救うべきものがまだあるとでもいうように、荒れ果てた客間のドアからこの女を追い払ったのだった！

　こうしたすべては悲痛だったが、なんとなく滑稽で、明らかに悪意に満ちていた。そのときエテルはもう遅すぎるのだと思った。そしてエテルが望んだように、世界のもう一つの果て、カナダ——空の下で雪が輝き、森が果てしなく続き、新しい暮らしのためにローランと落ち合うことにしていた、寒くて澄み切った国、マリア・シャプドレーヌ[*8]の物語への憧れ——へと冒険の船出をするために、家族の許を離れることはもうできないのだろうと思った。彼らは戦争が終わったらそうしようと浜辺で話し合ったのだ。そしてローランの方は国際弁護士事務所に勤め、エテルの方は私立の高校で詩を教えようと計画を立てはじめていた。

　しかし今ではもう遅すぎた、現実の風が運び去ろうとしているこの難破した筏の縁では。すでに留め金を掛けたスーツケース、紐で縛ったボール箱、さまざまな出来事の支離滅裂な流れに漂うばらばらな物という、この瓦礫のただ中、あらぬ情報、偽りの公式発表、プロパガンダの記事、外国人への憎悪、スパイへの警戒、俗な陰口、飢えと虚無、愛と誇りの欠如という、この混沌《カオス》の中では。

一九四二年

積荷は、三月の寒さの中、防空の網と鉄条網と砂袋でバリケードを築いたオステルリッツ駅で行われた。アレクサンドルは来ていなかった。彼はただ一つの安楽椅子に座り、無言で打ちひしがれていた。瓦解して以来、アレクサンドルはモンパルナスにある画学生のビストロでの独身者の昼食や、ヴォジラール通りでのモーリシャス人たちとのコーヒータイム、シャンゼリゼ通りの散歩（「ドイツ野郎の見張りの交代に出喰わしに行くなんて、とんでもないわ、あの卑劣漢たちのパレードも」とジュスティーヌは文句を言った）などの、ずっと昔から生きがいにしてきたささやかなすべてのことをやめてしまった。『グランゴワール』の定期購読も、お金が無いのと、マクサンス[*9]が『虫けらどもをひねりつぶせ[*10]』について書いた記事のせいで、そして『ジュ・スイ・パルトゥ[*11]』の定期購読も、マルセル・ジュアンドー[*12]が書いたルネ・シュオブ[*13]に対する悪口――「わたしは処女マリアがロジエ通りの下賤なユダヤ女であることを認めない。」という、たったそれだけの文章――のせいでやめてしまった。もうラジオからニュースを聴くこともなかった。アレクサンドルはジュスティーヌがやっとの思いで集めた煙草の配給券を煙に変えて時間をやり過ごしていた。そして癖のように咳き込んでいた。たぶん彼は何も考えていなかった。

エテルはその横顔を見つめていた。鷲鼻、高い額、切り揃えられた短い顎髭、後ろに撫でつけられた、その歳にしては並外れてふさふさした長い髪。エテルは、フランスで新しい生活を始めるために初めてモーリシャスを離れたときの、果敢で、金を使い果たして、魅力にあふれていた二十五歳の父を思い描いていた。あの栄光、あの若さから父を隔てていたすべて、そして流れていったすべては、もうじき立ち退きになるこの空っぽの部屋に至るまで、年々消えてなくなってしまったのである。

ジュスティーヌが状況を引き受けていた。駅で、彼女はせっせと動き回り、担ぎ人夫にどんどん忠告を与え、チップをはずんでいた。姿見はこっち、その奥、二つの整理簞笥の間へ、それから食器の入ったボール箱、分解された洋服簞笥、大箱、古びて黄色くなった亜麻布のシーツの山を入れた柳行李、衣類、それから顔が磁器製の人形、ままごとの道具、黄色の小びと[*14]、ロトゲームやドミノゲームやディアボロ[*15]の箱、ジャイロスコープ[*16]、蚤ゲーム、幻燈機、リュド[*17]、蛙釣りゲーム、ミニクロッケー、そして紙粘土で出来た鬼の一種で、布のボールを飲み込むために口を大きく開けている、エテルが子供の頃ひどく怖がったために地下室に隠さなくてはならなかった球通しゲームまで、エテルのおもちゃが全部積み上げられた、あの長持のようなもの。そのがらくたを積み込むとき、「これはみんな、ニースで何に使うのかしら?」とエテルは特に興味もなく訊ねた。「何って、孫たちはいったい、何で遊ぶの?」母の返事にエテルは呆れ返った。「孫?〝わたしの〟子供ってこと?」

そんな話をするのには、まさに打ってつけの時だった。まるで世界の誰彼となく、敵どもが、たぶん防御を破ってヨーロッパに侵入しようとしている極悪非道なロシア人が――というのはまだコタンタン通りにやって来ていたときの、あの半分痴呆のルメルシエ将軍夫人が言っていたことだが――狙っていないとも限らないとばかりに、びくびくし、せかせかし、自分たちの家具やぼろ着を救うことだけに懸命な人たちでいっぱいの、このプラットフォームの上で。

ガソリン代がないためにここ数年ガレージの中で眠っていたド・ディオン・ブートンが引っぱり出された。それはところどころ錆びついた黄色と黒の甲羅を貧弱な脚で支えている背の高い太古の動物のようだった。ジュスティーヌは旅立ちに向け、雨風から脚を守るためにビロード（玄関の赤いカーテンの布と錘が役立った）と二重になったゴム製のカーテンを拵えた。金具職人が破れた幌の上にアーチ型の柄を接合し、そこにゴンドラの屋根に似た木製デッキを留めつけて、この作品を完成させた。貨車に載らなかったすべてのものがその上に居場所を見つけようとしていた。マットレス、丸めたカーペット、壁掛け、そして一番後ろに、庭の古い籐製の肘掛け椅子が互い違いに積み上げられ、それらの中にジュスティーヌは、布類、シーツ、タオル、石鹸、さらに入市税があった時代のように、ボロ切れの中に隠したジャガイモの袋まで積み重ねる方法を見つけ出した。それは哀れで、滑稽であるとともに、なんとなく恥ずかしいとエテルは思った。エテルの取りたての免許証（アレクサンドルは自動車の創世記から運転していたにもかかわらず、免許取得の試験のたびに失敗していた）がエテルをこの四輪荷車の操縦士にした。

ジュスティーヌと一緒に、パリの陥穽《かんせい》から逃れられるような魔法の言葉を求めて、エテルは十五区の区役所へと出かけた。ドイツ将校は品が良く、隙のない身なりで、礼儀正しかったが、彼の通訳者は陰険でずるそうな、黒革の上着を着たチンピラ風の若い男で、話し合いの間中ずっと、栗色のコートの下に彼女の体の線や脚を探るかのように、エテルのことをじろじろと見ていた。

陸路での帰還証明書——

Heimschaffungs-Bestätigung
der Flüchtlinge durch Strassenverkehr

リュサック＝レ＝シャトーの役場で検印してもらうこと。

開いたままの封筒の中には、リュサックの役場と、その四日後にカステルノ＝ル＝レの役場での点検を義務づけられている、一枚五十リットル分のガソリンの支給券。

もちろん、嘘をつかねばならなかった。若い男がアレクサンドルの身分証明書を文盲のように穴の開くほど見つめ、「モーリシャスとう、モカちほう生まれ」とたどたどしく読んだ後、こうした外国人が道路を塞いでいて…と不快なことを言ったので、エテルは、「すみませんが、寝たきり老人なんです、南フランスの気候が生きるためのたった一つのチャンスなんです。」と遮った。ジュスティーヌは顔色一つ変えなかった。「寝たきり老人」、夫がなってしまったのはそれなのだった。

南の方へ、それはヴァカンスといってもおかしくはなかった。ミモザとレモンの林の中、トゥーロン近くの入り江《カランク》の窪み、アロン湾、あるいはイエールやラヴァンドゥの海岸といった、地中海沿岸で過ごす復活祭。ローランとエテルは、よくその話をしたものだった。馥郁たる愛の旅、だが、ベタベタしたハネムーンにだけは間違ってもならないような。

今、道路はまっすぐで空いており、青い麦畑、牧場、シダの斜面といったすばらしい地方を横断していた。小さな柔らかい雲が散らばる軽やかな空、地平線まで続く薄い青。エテルは運転しながら口から出まかせに歌をうたっていた。『ラ・トラヴィアータ』、『ランメルモールのルチア』、『皇帝ティートの慈悲』。「ル・ロワ・バルビュ・キ・サヴァンス《進む髭の王、》、ビュ・キ・サヴァンス《進む酔っ払い王》。」そしてレパートリーが底をつくと、『さやかに星はきらめき』、『ジングルベル』、さらに『オー・《おう、》タヌボム《もみの木》』まで。というのも今やボシチュード《ドイツ野郎の流儀》の中で暮らしているのだし、その言葉で話す訓練が必要なのだから！　それは今にもエンコしそうなエンジンの調子の狂った音や、後ろの荷物の上に倒れこんでいる父の昏睡状態の鼾のことを考えないためにエテルが凝らした工夫だった。母は信頼を回復していた。そしてエテルに合わせて歌っていた。おそらく、今や父の名セリフ「新しい暮らしが始まる！」が、母の頭の中に居場所を見出したのだろう。

母には戦争の残滓が見えていたのだろうか、その道沿いの、名前やスローガンの字が判読できる半ば崩れ落ちたあれらの壁、畑の中の黒い穴、遺棄された黒焦げの自動車、車輪のない二輪馬車、赤黒く煤けて、スズメやコクマルガラスを歯でせせら笑っている、半身を柵に立てかけられた馬の骸骨が？　ダンケルク、ヴェルダン、シャロンの焼け跡や、オルレアン、ポワティエの崩れ落ちた橋と比較したなら、実際、それは大した状況ではなかった。しかしここ、この終わりのない道は、写真とか、パテニュース*18の映画の戦慄の映像とは違うものだった。偽りの、現実を歪めるいかなる声もなかった。奇妙で、不安すらかき立てるようなもの、それはむしろこの過剰な静けさ、このあまりに美しい畑、このあまりに青い空、生気のない平穏さ、あるいはもっとリアリストの感覚でいえば、敗北の気が遠くなるような空漠たる広がりだった。

リュサック＝レ＝シャトーで、世界は突如として現実になった。鉄条網の張られた狭い港口を通ろうとしている自動車、トラック、長距離バス、四輪荷車、手押し車の列。一人の伍長と二人の憲兵が下す命令、やじ馬たち、涙にくれる未亡人たち、風邪を引いた子供たち、待ちぼうけの一日、メートルごとの前進、貴重な燃料を節約するためのド・ディオン・ブートンの後押し。村の入り口には、中継地、喫茶店、どこにでもあるような広場、交差点、ブラジルにでもいるみたいなカンパニル式の教会。アレクサンドルは生気を取り戻していた。「誰だったかな、昔、メロヴィング王朝の石棺のコレクションのことを話してくれたっけ、それは女たちの骸骨で、まるで巨人のようにデカかったらしいぞ！」「たぶん見学できるんじゃない？」エテルは冷やかした。父はまったく救いようがなかった。ごみ溜めの中で奥方の手に接吻するとか、災害の真っただ中で駄洒落を言うタイプの人間。エテルは、とてもエレガントで、とてもお上品で、かつてはとても速やかに反乱奴隷のひかがみを切断させたり、黒人の娘たちの腹の中に精液をばら撒いたりした、あのモーリシャスのグラン・ムーヌ《大農園主》たちのことを思っていた。

だが今はもう、それはどうでもよかった。彼らは南へと向かっていて、おそらくはもう二度と戻らないのだ。エテルは苦味を噛みしめていた。畑の真ん中の、この何もなく、真っ直ぐで、険しい道、キロメートル道標の一つひとつが、何かを引き離し、引き抜き、ばらばらにし、凍りつかせていた。エテルは自分が二十歳であること、そしてこれまで一度も若かったことがなかったことを実感していた。クセニアが、ある日エテルにそう言ったのだ、「永遠のオールドミスって感じね！」と。そしてすぐ、いつものように、あの小さな握りこぶしでエテルを叩いてこう言った、「さあ、泣かないこと！　それがわたしへの誕生日のプレゼント！」
　時代遅れの装身具と、虫に喰われた毛皮を、これ見よがしに身につけた高級娼婦のように、過去の栄光を掲げたベル・エポックの旧式オープンカーで、真っ直ぐにこの道を進んでゆくこと。ボッシュ《ドイツ野郎》たちより上位であることをもっとよく示すため、手袋をはめ、帽子を被り、背筋を伸ばして威厳を見せるジュスティーヌ。植民地にいる老人の濃褐色の顔で、ぼうぼうの黒髪に白い毛筋が混ざっているのがどこかインディアンめいているアレクサンドル。ド・ディオンの運転席にあるとんでもなく変てこりんな荷物、なかでもモーリシャス製の仕込み杖のコレクションはアレクサンドルが手放そうとしなかったもので、細紐の網と船のロープ結びによって括りつけられ、天井でぶらぶらと揺れていた。空の乗り物の推進力を決定的に変革するはずの、彼の設計どおりに高級家具師が旋盤加工した、大きな木のプロペラの三分の一の模型は、妻の知らない間に持ち運ぶことができただろうか？　出発間際にジュスティーヌが、（「目下巷で噂のスパイ妄想で捕まってしまったら、わたしたちは一巻の終わりだわ！」）と思い、その機械を捨てることに成功さえしなければ？

　ベズィエを過ぎると、故障に次ぐ故障であった。ガソリンは混ぜ物で、エテルはキャブレターを取り外し、噴出し口に息を吹きかけ、逆動したら腕を折りかねないクランクハンドルを気をつけながら回すか、あるいは澱んだ水飲み場の近くで車を停め、ぼろ切れでラジエーターのキャップを外し、道を行く間中、シリンダーヘッドの継ぎ目から、シューシュー、ヒューヒュー軋む音、コネクティングロッドのハンマーが打つ音、それからド・ディオンの、そしておそらくはその乗客たちの死の時計が刻む音、その一つひとつにじっと耳を傾けていなければならなかった。この無人地帯《ノーマンズランド》、この花咲く砂漠、この死へと導く田園、盗賊や人殺したちが潜んでいる荒野《ランド》の縁の、この小さな松林の中で。

宿屋では、つまり昔ならジュスティーヌが――有給休暇族の超高級ホテル！――と言って笑ったであろう小さなビジネスホテルでは、同じ噂を耳にするのが毎晩のことだった、「ここを通っちゃいけませんよ、あそこもだめ、ヴィエンヌの橋は通らないように、地雷が仕掛けられてるらしいからね、道でシスターたちと話しちゃいけませんよ、主任司祭とその女中が捕まったんです、第五列[19]のかどでね。お嬢さん、絶対に道を尋ねちゃいけませんよ、森の小道に連れて行かれて、その挙句！　殺されちまうか、もっと最悪なことに、井戸に投げ込まれちまいますよ、ドイツ野郎はモロッコ人がドイツでやったことに復讐しているんです、子ども連れの家族であろうと、罠にはまる恐れがありますよ！」

エテルたち家族の切り札、それは青鉛筆で複写され、四つに折り畳まれたこのような紙だった

――

Bescheinigung
Die Frau Brun, Ethel Marie,
Aus...Paris ist berechtigt, mit irhem Kraftfahrzeug
n° 1451DU2
Nach...Nizza zu fahren.
Es fahren mit ihr Familiaren
Paris, XII, 1942
Der Standortkommandant

Signé: Oberleutnant Ernst Broll[*20]

そして、そこには翼を広げ、頭を左に向けて、爪で冠と鉤十字を摑んでいる鷲の印が押印されていた。

軍帽を被っていない、黒い制服の、地味で上品なひとりの男を、エテルはマルグラン通りのリセの哲学教師に似ていると思った。ちょっと曇った近眼の目も、頬にえくぼができるうっすらとした微笑も。彼は注意深く『アウス・ヴァイス《身分証明書》』を書き込むと、綺麗な斜めの字で、左下に、おそらく、世界でもっとも憎い印を振りかざしている猛禽の絵、この鎌のついた軸のような撞木《しゅもく》形十文字の印象を和らげるため、エクスクラメーションマークのついた次のような言葉を付け足した——

Flüchtlinge!

それで、無邪気にも、エテルはこの男が自分たちに「幸運を祈る」と書いたのだと想像した。ずっと後になって、辞書を引いたとき、エテルは、あの真面目な男、あの熱心な役人は、がらくた山の真ん中で、がたがたの車にすし詰めになっていた、その日暮らし風のあの家族のことを、ただ一言、こう要約したのだと気づくことになる——

難民！

飢え、

ある奇妙な、いつまでも続く、変化のない、だが、ほとんど慣れ親しんだ感覚。終りのない冬のような。

灰色、曇り。ニースはその昔、モーリシャス人のおばたちの話によれば、真っ青な海、棕櫚、太陽、人形のカーニヴァル、花とレモンの合戦、ビロードの空の下の穏やかな夜会、埠頭の散歩道から続く、ポーリーヌが、「わたしのダイヤモンドの川」と言い、おばたちが賞賛していたあの飾灯が点る湾、そのような悦楽の場所だった。

そこに着いたとき、エテルは、人が新しい冒険を始めるときのような、あの胸の高鳴りを覚えた。ミストラルが水平線を洗い、高い山の頂きは雪に覆われていて、白い砂利浜では女性海水浴客たちがスウェーデン体操をし、小麦色に日焼けした金髪の子供たちが素っ裸で水浴びをしていた。

それからイタリア人たちがいた！　彼らはとても若く、とても親切で、雄鶏の羽のついた帽子を被り緑色の軍服を着ていたが、ちっとも真面目そうではなかった。イタリア人たちは娘たちを眺めていた！　ｒの音を巻き舌にしてフランス語をしゃべり、ブラスバンドで音楽を演奏したり、水彩画を描いたりしていた！

エテルは太陽の下、ラザレ地区の入り江で丸一日を過した。彼女は気晴らしのようにそれを必要としていた。クラゲが泳ぎ回る冷たい海の中で長い時間泳ぐと、皮膚についた塩辛い滴が陽射しに乾くのを砂浜で待った。誰もいなかった。時折、子供連れの女たちや、幾人かの年寄りがいるほかは。ほとんどの時間、誰もいなかった。水平線には何もなかった、一艘の船も、一羽の鳥も。

一度、エテルは怖い思いをした。五十歳くらいの男が近づいてきて、裸を見せびらかしたのだ。エテルは立ち上がると、男を見ないで立ち去った。またある時、エテルが岩を上がっていると、二人の若者が彼女の行く手を遮ろうとした。そこでエテルは水に潜ると、できるだけ遠く沖の方まで泳ぎ、それから生簀《いけす》の方の防波堤に上がった。その後で、また入り江に荷物を取りに戻った。エテルはそのことを母には言わなかった。自分自身の責任は自分にある、そう自らに言い聞かせていた。それが戦争中のエテルの生き方だった。

エテルの皮膚は熱を帯びた褐色になり、髪の毛は黄金色になっていた。彼女は皮膚のすべすべしたところを感じたり、羊皮のように縮れている細く明るい日焼けの線をたどるために、向こう脛の上に指を滑らすのが好きだった。

お金が不足しはじめていた。ジュスティーヌが強欲な執行官たちから逃れたものを売って蓄えたお金は、冬の初めからふんだんに使われはじめた。ストーブ用のコークス、おが屑、停電に備えての灯油が必要だったのだ。アパルトマンは港に面した名前のない古い建物の最上階で、眺めはすばらしかったが、屋根の亜鉛板を通って寒さが忍び寄り、屋根裏の窓がすきま風を送ってよこした。家賃の支払いを猶予するという理由で（いずれにせよ、まだ戦争中だったのだし？）家主はもう補修工事をせず、台所やトイレには滝のように雨が落ち、ジュスティーヌは雨漏りの場所に盥をいくつか置くと、バルコニーの手すりに掛けたプランターでサラダ菜やニンジンの栽培を始めた。アレクサンドルは乾燥させたニンジンの葉を配給煙草に混ぜ、これはヴァージニア煙草の微かに甘い味がするぞ、と言い張っていた。

少しずつ、日々の暮らしが大きな位置を占めていった。それは小銭とかピンとか吸いさしとか、何かを探して、いつも地面から目を離さないでいることに近かった。道や建物の中庭は、黴臭さや煙のにおいがしていた。エテルは野菜や薪などの買物の荷物で一杯になった自転車を押しながら崖っぷちの道を上っていた。彼女は壁に沿って、地下室の窓から出る暗い風のそよぎ、地下貯蔵庫の吐く息を感じていた。昔、葡萄酒の瓶を探したり、じゃがいもを柳の籠に詰めたりしに行くのに、メイドの手をきゅっと握ってコタンタン通りの地下室へ降りていったときのように、エテルは身震いがするのだった。
ますます遠くへ、ますます早い時間に行かねばならなかった。市場では何もかもが高かった。そして何でも売っていた。エテルはカブの葉、カボチャの葉、キャベツの葉を買うのだった。「マルゴーズ《ニガウリ》」（〝アマルゴ〟、ひどく不味い）の国の、モーリシャス人（少なくとも出身者）であることは得をしていた。サフランとカレー粉の残りとで、ウサギの餌のような料理がすでに作れたからだ。

　正午頃になると、もう大したものは残っていなかった。空の物売り台の間を、棒の先でゴミ屑を突き刺し、黄麻《ジュート》の袋に詰め込んでいる年寄りたち、乞食女たちの影が行き来していた。傷んだ野菜、疵のある果物、葉のついた根っこ、切りくず、剝かれた皮。犬のように静かに、腰を折り曲げ、肩掛けやケットに身を包んでいる、黒ずんだ手、長すぎる爪、尖った顔、鉤鼻、しゃくれた長い顎。自転車の車輪は残骸の間を進み、ペダルはエテルの脹脛《ふくらはぎ》に当たり、錆びた呼び鈴を鳴らすまでもなく、影たちはエテルに道をあけ、立ち止まり、首をまわし、横目で見るのだった。その中の一人で、体の自由を奪われ、やせ細った年寄りの女が突然顔を上げたとき、エテルはモードの黒く縁取られた目と紅を塗った頰を見た気がして激しく動揺した。自転車を押して市場の出口へと逃れる間、エテルの胸はあまりにひどく高鳴っていた。そして禿鷹の嘴のような鼻、墨で目のまわりを縁取った灰色の虹彩、口紅をつけた皺の寄った口、とりわけあの顔の表情、欲深さと悲しみの表情を浮かべている年老いた女の顔につきまとわれながら、旧市街の迷路を横切り力一杯ペダルを漕いで逃げていった。と同時に、エテルは半ば自分を納得させようとしてこう繰り返していた、いや、あれはモードではない、あれはただ飢えで少しずつ死んでゆく見捨てられた老婆なのだと。

エテルは母にその女と出会ったことを話さなかった。家族の敵である女、スキャンダルを招いた女、父が破滅しはじめたときにそこにいた女、そんな女がどうして生き延びるために腐った野菜を漁っているあの乞食女になどなれただろう?

エテルはよくよく考えた。ある観点から見れば、それは当然のことだった。彼らはみな過去の慢心の代償として、懲らしめられ、見捨てられ、裏切られたのである。移り気な者たち、「芸術家」たち、利権屋たち、ずる賢い商人たち、捕食者たち。そして自分たちの知的、精神的な優越を傲慢にも公言していたすべての者たち、王政主義者、フーリエ主義者、人種差別主義者、絶対主義者、神秘主義者、スピリティスト、スヴェーデンボリの、クロード・ド・サン＝マルタンの、マルティネ・ド・パスカリの、ゴビノーの、リヴァロルの弟子たち、モーラス派、王党派員、モルドレル派、平和主義者、ミュンヘン協定支持者、利敵協力者、イギリス人嫌い、ケルト主義者、寡頭制主義者、連立政府主義者、無政府主義者、帝国主義者、カグール団、極右系同盟員も。これらの年月の間、彼らは高い地位を占め、演壇でふんぞり返り、正義の味方ぶり、虚勢を張り、反ユダヤ人、反黒人、反アラブ人の演説を独占的にぶちまくっていた。アレクサンドル・ブランのように、自らの特権のために恐れ、グラン・スワールやボルシェヴィキの革命やアナーキストの陰謀を待ち構えていたすべての者たち。シャルル・モーラス[*21]の解放を歓呼の声で迎えようとル・ヴェル・ディヴに集まっていた者たち、ダラディエ[*22]に抗して極右系同盟を奨励していた者たち、ラ・ロック[*23]が役目を拒否したときに難色を示した者たち、ローマ教皇ピウス十一世とヒトラーが共産主義者たちの絶滅を呼びかけたときに拍手喝采した者たち。グエン・アイ・クォック[*24]がインドシナを自ら所有する権利を要求していたとき、彼の訴訟で死刑を請求した者たち、ベトナムの独立を宣言していた指導者グエン・タイ・ホックの公開死刑執行で拍手喝采した者たち、ポール・シャック、J.-P. マクサンス、L.-F. セリーヌを読んでいたすべての者たち、「出て行け！フランスはもう無国籍者たちのための祖国ではない！」という新聞のキャルブのイラストを見て笑った者たち。「セムおじさん」！　とキャプションのついた、七枝の燭台を振りかざすニューヨークの自由の女神。

今、彼らの世界は崩壊し、分散し、運河の水に帰していた。今、彼らは影のようにさまよい、今度は自分たちがいかなる希望もなく、まるでこの終わりなき冬に、土を、石炭を、鉄を喰らうかのように、野菜の皮と葉のついた根っこだけを食料とすることを強いられていた。

彼らが新しい世界と呼んでいたものは来なかった。彼らは自分たちが支配者の人種であり、自分たちの欲望どおりに世界を従わせる指導者であり、グラン・ムーヌ《大農園主》の末裔であると信じていた。現実は彼らの目をほとんど見開かせなかった。彼らは架空の姓と「第二の人種」の末裔であることを認めた。けれどもまだ完全には理解していなかった。事の成り行きがまったく見えていなかった。

彼らは何をまだ期待していたのか？　ある人々にとっては、グラン・ポールの戦い*25以来嫌悪しているイギリス人、マルルー岬に上陸し、ポール・ルイでフランスの後衛部隊の度肝を抜くために、馬の蹄をぼろ切れで巻いて、マプーのサトウキビ畑を横断した裏切り者のイギリス人、メルセルケビール海戦でフランスに一度の機会も与えることなくフランス艦隊を消滅させ、ダンケルクの砦で戦うことを拒んだ腹黒いイギリス人が、終いにはその王座から失墜し、彼ら自身がイギリス人に屈したと同じように服従し、そして今度はイギリス人が不吉な蜘蛛で飾られた黒と赤《ハーケンクロイツ》の軍旗の汚辱を味わうことを期待していたのだった！

少しずつ、世界は狭くなっていった。彼らは支配しようと欲し、自らの目的を達するためにあらゆる卑劣な行いをする手筈が整っていた。しかし今、彼らは占領軍が彼らと他の者たちの間をなんら区別しないということ、彼らが軽視していた者たち、あのあらゆる浮浪者や名もなき者、彼らに仕えるためのあの運なき者のように、自分たちもまた刈り取られ、取り込まれるのだということを理解していた。

まんまと泳ぎ切った者たちもいた、と辛酸を嘗めたせいでますます口の悪くなったルメルシエ将軍夫人が言うのをエテルは耳にした。なかでも、自分の公証人事務所をドイツの奉仕下に置き、略奪して競売にかけたユダヤ人の財産目録を自分の帳簿に記していた、策士のシュマン。さらにもっと悪い奴がいた――ユダヤ人から没収した会社や賃貸ビルディングの管理者と名乗り、キャプシーヌ大通り（九番地）に、次いでモンマルトル通りに、ラブロとシャンピオンなる人物とともに、ルービンシュタインとワインバーグのための管理事務所を、そしてヴィロフレイにアブラハム・ロウの財産のためのもう一つの支社を開いたという、新たな地主たちの小判鮫、タロン、あの卑劣なタロン。エテルは押し殺した怒りとともに彼らのことを考えていた。なぜなら彼らは変わることがなく、悲劇的な出来事や、集団移動、破産、同時代人の国外追放は、彼らに傷一つ負わせることなく、それどころか彼らの力を著しく増大させたのだから。

エテルはこれら客間の常連たちを恨んでいたのだろうか、このまんまと狼の口に飲み込まれて死んだも同然の人間たち、ろくに考えもせず、時代の虚偽を鵜呑みにし、まるで本当に高等な種であり、生まれつきもう一つの人種でもあるかのように、自分たちの宿命をそのように信じていた者たちのことを？　おそらく彼らを憎んでいる暇さえもうなかった。

ニース、このブルーム＆ヴォックス卿[*26]時代のイギリス人や、女帝とマリー・バシュキルツェフ[*27]時代のロシア人の意匠を凝らした、オペレッタ風の町、この無関心で冷淡な、太陽の下で露出過剰の、セメントの谷間の刺すような風の中にある町、そしてアスファルトにめり込んだ黒い影の中に住む人々――それは格好な罠だ、とエテルは思うのだった。

エテルの頭には、『ピクウィック氏の冒険』*28のある章が、まるで未だにシティーの中で自由であるかのように、輪になって回り、バルコニーから呼びかけ合い、自らの用事にかまける、名ばかりの貴族や真の寄食者らすべての破産者たちが勾留された、債務者監獄が思い浮かぶのだった。


少しずつ街は塞がり、歓楽街、キューピッドの泉のある庭園は、今や野良猫たちのうろつく場所になっていた。シャンブラン公園、スミス館、ヴィジエ館、ネッスレ城、スコッフィエ城、アテネ、そして豪華で古めかしいあのすべての高級ホテル、リュール、ネグレスコ、スプランディッド、ウェストミンスター、プラザ、そして贅沢をしていた時代、父と母がかつて足繁く訪れた、ケーブルカーのある、その庭園がおそらく父に、モカ（モーリシャス島）にある彼の生家の棕櫚の木がテンポ良く植えられていた野性的な広がりを思い出させた、ホテル・エルミタージュ。

イタリア人士官たちが、ドイツ軍から立ち退きを食らうことになる日まで――なぜなら支配者の人種の中にさえ階層は存在していたから――一つの階を占拠していた。一度、エテルが母と中心街を歩いていたとき、シミエの丘の中腹にしがみつき、これ見よがしに冬の陽射しを浴びている白い大きな建物を、母は指差そうとして通りの外れで足を止め、「あれがわたしたちの新婚旅行で残ったすべててよ」と言い、ため息をついた。エテルは、「わたしがデキちゃったのは、あの隊商宿ってわけ？」と皮肉を言おうとして、その言葉を飲み込んだ。

ぐるぐる巻きの有刺鉄線が、公園、ミモザの丘、海岸を封じていた。コンクリートブロックの壁が海への入り口を塞いでいた。かつてエテルが岩の間に潜りに行く前、波が寄せてくるのを見るのが好きだった岬の上に、ある日彼女は、レール上で回転する大砲を置く砲床みたいなものを兵隊たちがセメントで固めているところを見かけた。大神学校の窓は塞がれ、スータンを着た司祭たちは、兵隊たちや回復期の病人たちと入れ替わっていた。そこいらじゅうに壁が立ち、偽装網が屋根という屋根を覆った。オリーブ畑には地雷が仕掛けられた。二ヶ国語で書かれた立て札が髑髏のマークで通行人を脅していた。十八時から夜間外出禁止が始まった。エテルが遅くなってしまったある晩、建物の階段を上っていると、一発の銃弾が六階の丸窓に穴をあけ、弾が壁の中に飛び込んできた。それ以来、エテルは階段を降りるたびに、危うく彼女を殺しかけた鉄の欠けらに触れようとして、その穴の中に指を置かずにはいられなかった。

町のすべての屋根の上で空襲警報が鳴り出すと、それが止むまでに、ろうそくで明かりを灯して地下室へ降りていなければならなかった。初めの頃、ジュスティーヌは夫をなんとか引きずってゆくことができたが、今ではアレクサンドルは自分の肘掛け椅子にどっかりと腰を下ろし、肘掛けを摑んで離さなかった。「どうぞお構いなく、ネズミみたいに地下に埋められるより、外で死んだ方がましだよ！」

人はイギリス軍やアメリカ軍の爆弾の下で死ぬのではなかった。そのかわり人はだんだんに、食べられず、呼吸できず、自由になれず、夢見られずに死ぬのだった。海、それは棕櫚の木の間、赤い屋根の上の、遠くにあるただの青い線だった。まるで何かを待つように、エテルは両親の寝室の窓から何時間も海を眺めて過した。一台のクレーンの傾いた首が、動かずに、無用のまま、倉庫の屋根の間から突き出ていた。船は港の入り口で沈んでおり、もう出入りできるものは何もなかった。灯台はもう夕方になっても点らなかった。市場の売り台にはもう何も、ほとんど何もなかった。同じ影たちが路地をさまよい続けていたが、今では野菜くずも黴の生えた根っこさえも売りに出されていた。庭園では野良猫同士が共食いをしていた。鳩は消え、ジュスティーヌが軒下に仕掛けた罠はもうネズミをおびき寄せることしかできなかった。

エテルは、コルニッシュ《崖っぷちの》大通りにある建物の地下でモードに再会した。モードには六年会っていなかったが、エテルにはそれは思春期の時代に遡るほど果てしない時間に思われた。モードが暮らしていることをエテルに教えたのは母である。建物はフィラティエフという名前の短気な年寄りのロシア人のもので、フィラティエフは二階に住み、一階と地下を彼のようにお金がなくなった優雅で時代遅れの老人たちに貸していた。一部屋につき一人住まわせ、台所と風呂は共同だった。それはだだっ広くて、住み心地の悪い、冬は凍え、夏は蒸し暑い部屋だったが、モードは思いやりを示すかわりにちょっとわざとらしいあの陽気さでもってエテルを迎え入れた。いずれにせよ、おそらくモードは、自分が昔ひとかどであった時代に恋をしていた男の娘に愛情を感じていたのだろう。まるでもうすぐ来るのを待っていたかのように、何のためらいもなく、扉を開けるとすぐにモードはエテルを抱きしめてキスまでした。けれどもそれは本能的に、エテルが御免こうむりたいことだった。ただ単に、何回も引っ張って伸ばしたその衰えた肌に触れないために、目と口のまわりの皺の細かいひび割れの上の粉おしろいの匂いを嗅がないために、そして長持ちさせるためにスイント脂で厚塗りした――と、この戦前の面白おかしい話は、モードの永遠に続く極貧が思い起こされるたびに語られたものだったが――口紅のちょっとべたつく感触を避けるために。

部屋は天井が低く、陰気で、猫のおしっこと貧困のにおいがしていた。ちょうど猫たちが数匹いた。家具の下へ忍び込み、整理箪笥の上に飛び乗り、調子の狂った古いピアノの脚の間をすり抜ける素早い影となって、猫たちはあらゆるところを走っていた。「ミミーヌ、ラマ、フォレット！　お客様だよ、ほら、出ておいで、エテルだよ、おまえたちを食べたりはしないよ！」モードは弁解していた、「猫たちは外にいた方がいいでしょうね、庭の方が、お天気もいいし、でも仕方ないでしょ？　ここには野蛮人どもがいて、猫たちを捕まえると生体解剖に売り飛ばしちゃうんだから。もう二匹殺られちゃったのよ、だから閉じ込めておくしかないの。」それから声を低めてこう言った、「誰なのか知ってるのよ、そんなことする卑劣感を、でも何も言えやしない、今はおかしな時代よね、ほんとに。」モードは相変わらずで、少々頭がイカレていたが、愉快で、エネルギッシュだった。過ぎ去った時代の生き残り、にもかかわらず、その時代は本当に終わったのか、もしやどこかで、このあばら家とこの陰気な町から遠い、水平線の向こう、たとえばモスタガネム[*29]で、男たちと女たちが古い物語を続け、ケーク＝ウォークやポルカの音に合わせて遊び、絶え間なく同じ宴を繰り返し、『ボレロ』の初演の赤い緞帳を上げているのではないか！と想像できるくらい、モードは生き生きとしていた。この女には何の罪もない、とエテルには思われた。モードの中には純真さのようなもの、その風変わりな言動と過去の過ちを帳消しにするような生きることへの欲望があるのだった。

エテルはスィヴォードニア館に来るのが習慣になった。初めは少しのお情けと、ちょっとした好奇心からやって来ていた。それに、家は「今日」というとても美しい名前で、それはエテルにクセニアのこと、その時その時を利用するというクセニアのやり方、錯覚したり、うわべで苦しむことなく生きようとする、あのクセニアのやり方を思い出させた。その名前はモードによく似合っていた――もし彼女が自分で選んだのだとしたら、それ以上にふさわしい名前はなかっただろう。

ようやく、少しずつ、エテルが自分でも気づかぬうちに、べつの理由が浮上してきた。おそらくそれをどう言い表せばよいかわからなかったために――おそらくモードが答えられるとも確信できなかったために——決して口にすることができなかった古くからの問いが残されていたのだ。この女をエテルの父親に結びつけていた、エテルが生まれる前の、父が母と出会う以前にまで遡る、あの長い関係。もう一つの時代、いわゆるもう一つの人生。のろのろと行く雲のごとく、退屈で、一生のあいだ延々と続き、名もなく、出口もないままに、長引いていた愛情。そして家族のただ中にあった存在の記憶、存在した幽霊、しかし、たとえ誰もそのことをエテルの前で話さなくとも、それはエテルにとって秘密なのではなかった。子供というものが、ほのめかしや、ほんの僅かな言葉、あるいは何も言わないときですら、理解できるということを想像しないほど、大人たちは愚かだったなどということがありえただろうか？　エテルは八つくらいのとき、モードと一緒に『ボレロ』の初演を観に行ったときの、あの夕べの思い出を今でも持ち続けていた。徐々に音が重なり合い、高鳴っていった音楽、そして立ち上がって叫んだり、野次ったり、手を叩いたりしていた聴衆のこと。それらすべては夢のように遠く思われたが、にもかかわらず、奇妙なことに、そこ、その家のぞっとするような地下室の中に甦り、エテルがスィヴォードニア館の名前を読んだり、正面玄関をくぐったりするたびに、彼女の胸をどきどきさせるのだった。

エテルは午前中、十時か十一時頃にやって来た。モードは扉の後ろで待っていて、エテルがノックもしないうちに開けるのだった。しばしば、エテルはスィヴォードニア館に行かないまま何日もやり過ごしたが、それでもモードはエテルを咎めることもなく迎え入れるのだった。

初めて中に入ったとき、エテルはこの女の人生の中の破綻の大きさがわかった。流しの横の、テーブルの上に、エテルはモードが猫たちと分け合っている食事の残りを目にした。臓物、野菜の皮、お椀のミルクに浸した固いパンの端っこ。モードは飢え死にしかけていたが、決してそれを見せようとはしなかった。後に、モードは現実を隠そうと努めた。彼女はおやつを用意するためのものを見つけてきたりした。ずっと以前から保存していた少し堅くなったビスケット、ロシア人公園でいくつか摘んできた虫喰いのセイヨウカリン、あるいは卵の黄身に浸してフライパンで焼いた、パン・ペルデューの古いモーリシャス風のレシピや、モードがいわゆる「イマジネール」《想像の産物》とそれらを呼んでいた、お茶に入れるすべてのもの。日本の骨董品で、モードいわく、ピエール・ロティまで遡るという縁の欠けたティーポットに、オレンジとアカシアの花を入れ、バラかキクの花弁、リンゴの皮とユーカリの毬果、タイム、セイヨウニンジンボクの葉、地下室の窓の端に置いた缶詰の中で育てているミントの葉を混ぜ、モードは煎茶をでっち上げていた。大抵の場合、それは渋くて飲めなかった。エテルは口をつけると、「モード、悪いのだけど、何も入っていないお茶の方をいただけないかしら?」と言うのだった。

エテルはモードにささやかな贈物、ブラン家では必要としなかったわずかなもの、そしてモードにとっては生命の素であるものを持ってきた——米、砂糖、靴底にできそうなくらい固い豚の皮、アンディーヴ、配給の油脂、これは猫たちがまるでクリームであるかのように、むさぼるように舌を鳴らして飲むのだった。

冬のさなか、この地下室の中はあまりに寒く、彼女たちが喋ると口から湯気が立つほどだった。

ゴダン・ノワールのストーブに焚きつけるものは何もなく、ジュスティーヌが倉庫に積んでおいた中からエテルが取ってきた古新聞ですら湿気のせいで燃えてはくれなかった。モードはショールと毛布に包まり、魔法使いのような格好で暮らしていた。彼女は胸の上に猫たちを乗せて寝ていた。

再会してから最初のうちは、彼女たちはあまり話をしなかった。少なくとも、エテルはほとんど話さず、決して訊ねることもなかった。モードは、自分の人生のように、支離滅裂で、回りくどくて、予測不能な、あのとめどないお喋りを続けた。モードは一度も嘆いたりはしなかった。戦争、イタリア軍による占領、そうしたすべては彼女にはどうでもよいことだった。それは結局、彼女の生活の範囲をわずかに縮めたにすぎず、ただ残り物の回収をより困難にしただけだった。以前はお腹いっぱい食べられなかった、そして今は飢えている、ただそれだけのことだった。エテルが持ってくる砂糖と米に目を輝かせていたが、それに飛びついたりはしなかった。エテルが新しい蓄えを持ってやって来ると、モードは子どもっぽく喜んで、エテルに、「ほら、それはまだ残っているわ。」と指差した。あるいはまたこう言うのだった、「ちょうどよかった、隣の貧しいおばあさんが欲しがるわ。」まるで自分はおばあさんでもなく、貧しくもなく、本当にはそれが必要ではないかのように。

エテルがモードのなかで愛することを覚えたのは、この自尊心である。エテルは、この女が舞台の上、コンサート、地中海の島々を巡る周遊大型客船の上でまでも歌いながら、音楽の渦の中で生きていた年月のことを思った。その女はモスタガネムのオペラの舞台の前に立ち、植民者たちのために流行のオペレッタを歌っていた。その女は開演を告げる合図が鳴る前の、さざなみ立つ赤い緞帳の裏側を知っていた。あの時代から彼女に残されたものは何だったのか？　そのアーモンド型の灰緑色の切れ長の――もちろん、髪の毛の下のこめかみにつけたクリップで引っ張られた――目の中に、エテルは思い出の光景を読み取ろうとしていた。

今、エテルにはもうはっきりとわかっていた――父がアサス通りで法律を学んでいた時代、司法書記団《バソーシュ》の時代と同じくらい遠い昔に、父がこの歌手に抱いていた愛情にかかわる、エテルが決して口にできなかった問い、エテルをずっと苦しめていた問いが。彼らは本当に愛人だったのか？　モードは自分よりも若いあのレユニオン島のブルジョワの娘とアレクサンドルが結婚したときに涙を流したのか？　モードが最初に出くわした銀行家とともに、まるで高級娼婦《ドゥミモンド》のように、アルジェリアへ発とうと逃げてゆく決心をしたのはその時だったのか？

そう思うと同時に、エテルはそのようにちっぽけで、情け容赦なく、卑劣な問いを考えたことを恥ずかしく思うのだった。エテルは、長い黒髪と顎鬚と青い目をした、驚くほどクレオール訛りのある、働けども実入りが世界で最低の都市の、大農園主の息子の自信をもつ！　長身で上品な青年、あの目立ちたがりの若造に熱を上げていた、この年老いた女の肌の淫らさを拒んでいたのだった。

珍しく、モードは思い出の品を引っぱり出してきていた。自分の母親の顔だという、しかしガブリエル・デストレ*30の肖像といっても不思議ではないようなロケット、象牙の数珠、そして白檀の小箱の中にある、翡翠《ヒスイ》、瑠璃《ルリ》、珊瑚《サンゴ》、人造宝石で出来た首飾りや指輪といった、こまごまとしたものすべて、それらは墓を荒らして盗ってきたもののように見えたが、モードはまるでそれらが本物の宝であるかのようにこう言うのだった、「ねえ、お母さんに言わないで、わたしが死んだらこれはあなたのものだからね。」

エテルはモードの家を出ながら、あのガラクタの山の中には、昔父からもらった指輪やイヤリングがあるのかもしれない、たぶんそれは父が卑怯にも着服した家族の思い出の品なのだろう、そう考えて軽い吐き気を覚えるのだった。結局のところ、エテルを怒らせたのは装身具の紛失などではなく、状況の滑稽さというものだった。

エテルと過ぎ去った時代との間のこのおかしな共謀、この失われた時代の狂気。これらの首飾り、お守り、飾り玉、それは母の涙であり、叫びであり、エテルが子供の頃から耳にしてきた諍いであり、まるで休戦協定の後の戦場の向こうの果てとこちらの果てのように、あの終わりなき廊下によって隔てられ、広いアパルトマンの端と端とで別居していた、あの夫婦の間に居座っていた無言の攻撃みたいなものでもあった。

エテルの怒りはモードのところへ何日も行かないくらいに膨らんでいた。母は飯盒《はんごう》、猫たちのための残飯、ぼろきれの小さな包みを用意していた。「モードのところに行かないの？」と母は訊ねた。「なんで自分で行かないのよ？」とエテルは反駁した。そうだ、どうして？　あのちょっと浅ましく、やや馬鹿げた古い物語はもう十分に続いたのではなかったか？　今、彼らは年老いて、戦時にあり、高級住宅街で飢え死にしかけていた。高級娼婦《グランド・ココット》たちは赤貧で、年老いた美青年《ココ・ベル・ウィユ》たちはよぼよぼだった。

エテルがスィヴォードニア館へふたたび通い出すと、モードは謙虚に迎え入れたので、エテルは自分を恥ずかしく思った。モードの陽気なそぶりと、馬鹿げた悪戯《いたずら》っぽい振る舞いの裏に、エテルは孤独の苦しみ、死への恐れ、虚無感を読み取った。猫たちまでも心を揺さぶった。そのとき初めて、やせ細った白と黄色のミネットが、この若い娘の膝の上に飛び乗り、喉をゴロゴロ鳴らしながら爪先で叩き始めたのだ。すべてが企まれているようだった。モードはこの動物たちにセンチメンタルな芝居をさせるために、彼らの耳に言葉を囁きかけられるほどの魔法使いだったなどということがありえただろうか？　罠を固めるかのように、モードは自分流におやつを準備していた。わけのわからないお茶と、これ見よがしにテーブルの皿の上に置いてある、その時代では信じられないほど高級な、たった一つの赤いリンゴを。

エテルはその果物を倹《つま》しく分け、モードは歯の欠けた口の片側でしか噛めなかったが、二人は皮を剝かずに一切れずつ音を立てて齧った。その日の会話はリンゴの話題で持ちきりだった——「わたしが市場にいるところを想像してごらんよ、ほら、たったこれっぽっちの買い物、ろくなもの一つありゃしない、スープに入れるお野菜、このカブとか、この根っことか、何ていうのかしら？　メキシコとかブラジルから来たみたいなお野菜、それから猫たちのための臓物…」だとするとたしかにモードだったのだろう、地面に屈みこみ（父はそれを「地面の呼び声」と呼んだ）、背負い籠を満たすために、物売り台の下で腐った果物や鮮度の落ちた青物を突き刺していた、影たちの中のあの影は。

戦争、それはこの憂鬱のことであり、前の日と同じような毎日のことだといってもおかしくはなかったが、しかし、日に日にその細部は――冬への緩慢な歩みのように――抜け落ちてゆくのであった。エテルは、窓の前で売れ残りの安楽椅子に座っている母、この赤い屋根と棕櫚の風景、建物の上に飛び出しているクレーン、崩壊した灯台、はがね色の水平線を見ていた。それはある穏やかな風景であり、詩句を思いつかせるような、人気《ひとけ》がなく、手を触れてはならない、寒さで少し滴のついた、恋の歌によく似合う風景であるといってもおかしくはなかった。右手には、製粉工場と、粗暴な兵隊上がりの腹いせのような、撃ち落されたアホウドリの翼のような、みんなの憐れみを誘うような、ドイツ人による占領の初期に沈んだアメリカ帆船の高いマストが聳えていた。

あちらこちらで噂が立っていた。エテルは、何もかも実際には悲劇的に見えないために、あらゆるものから遠くにあり、しかし、どこかで意欲と想像力を麻痺させる爆風が起こり、暴力の波が来るには充分近いところにある、島の上にいるような気がするのだった。

　エテルは何もできないでいた。人々は影の軍隊のこと、愛国者たちのレジスタンスのこと、イギリスの兵隊たちがパラシュートで田舎に降りてくるという話をしていた。だがいったいどこへ？

　時々、音を聴いたり、ノクターンを弾いたりするだけでなく、エテルは音楽を必要とした。身体的な欲求、それがエテルを体の芯まで苦しめていた。二度か三度、エテルはモードのところで古いピアノを試してみた。たとえ音が軋もうが、練習のためには、象牙の鍵盤は台所のテーブルの上に並べた銀のナイフよりマシだったからである。しかし欠けていたのはピアノではなく、それは意欲のほうだった。「弾いてちょうだい、お嬢ちゃん！　弾いてちょうだいな、そしたらわたしが歌うから」とモードならそう言ったにちがいない。しかし何も起こらなかった。

　エテルがスィヴォードニア館を訪れるようになってから少したつと、あるお節介な人が、モードがオペレッタの唄をうたい、窓から投げられるものを拾い集めるために、高級住宅街の庭から庭へと歩いている、ということを知らせたので、アレクサンドルはうな垂れた。それは恐ろしい話であった。おそらく父は手で顔を覆い、そっと涙を拭ったことだろう、少なくともエテルはそう信じようとした。

　噂話は、ラジオから流れてきた誤報のかたちで広まっていた。イギリス軍、アメリカ軍が行く…。連合軍は太平洋で日本軍を撤退させはじめた。カナダが軍隊を送った。教皇が宣言したところによると…。カラブリア、ギリシアで上陸が始まった…。ジュスティーヌはこうしたニュースにしがみついて、貪るように聞き、それらを家に持ち帰るとき、その目は熱に浮かされたように輝いていた。それは彼女が日曜日のサロンで、耳を傾けたり、同意したりすることしかできず、ただおずおずした声で、あのシュマン、あのタロン、わたしは彼らをあまり好きになれないわ、と言うだけだった時代への仕返しだった。アレクサンドルが社会主義者たちやアナーキストたちに対して、かっとなり、怒鳴っていたとき、「あなたはいつだって何でも大げさに言うんだから！」と彼女が肩を竦めていた時代への。

時折、拘留の噂が聞こえてきた。駅のそばの、ホテル・エクセルシオール、そこではドイツ人に捕えられた捕虜たちが尋問され、殴られ、半ば溺死していた。ホテル・エルミタージュの、アレクサンドルとジュスティーヌが愛の営みをした豪邸の地下室では、爪を剝がされ、拷問を受ける人々が夜ごと犬の声で叫び、女たちは強姦され、尻の穴に棒を突っ込まれ、ガスバーナーで胸の先を焼かれていた。ジュスティーヌはそのことを決して話題にしなかったものの、噂は彼女のところに届いていたにちがいなく、エテルが問いかけると視線を逸らすのだった。それはまるで悪魔どもがこの町の上空を支配し、通りを見張っているかのようだった。エテルは時々、歩調を合わせて行進している緑青色のパトロール隊とすれ違った。彼らはエテルの鞄を持ってくれたり、海岸で自転車を押すのを手伝ってくれたりした親切なイタリア人の伊達男たちとは似ていなかった。

たった一度だけ、エテルは手紙を受け取った。それは隣の建物に住んでいた、オー・ジルヴィというアイルランド人で、元アメリカ合衆国の領事である。彼は謎めいた様子で、受取人の名前のない、紐で括られて補強された一通の封筒をエテルに差し出した。エテルは手紙をすこし開け、ローランの丸くて繊細な字を認めた。彼女は封筒を取ると、ちょっと領事の謎めいた演技を続けるようにして、それを自分のコートのポケットに隠した。男は声を低めてエテルにこう言った、「ご両親に町を離れるように言ってください。イギリス出身の国民はすでに危険に晒されています、山のなかに隠れに行くように。」そして、もう二度と顔を合わせてはならないと言うかわりに、彼は返事も待たずに踵を返した。

手紙の中で、ローランは相変わらず大したことを言ってはいなかった。政治の話をし、取り返しのつかぬ事態になるまでみすみすやり過ごした統治者たちの盲目ぶりを批判していた。彼はコタンタン通りのサロンの客たちのこと、タロンのこと、ルメルシエ将軍夫人のことを馬鹿にしていた。エテルは、まるで彼一人で話しているかのような、不愉快な軋みをその言葉の中に感じ取っていた。それが戦争だった。ローランは自分の生活のことも、自分がいる場所のことも、何一つ書いていなかった。返事を出す場所はなかった。

エテルは手紙を二回読み、自分がほとんど心動かされないことに驚いていた。それはあまりに冷たく、あまりに遠く、あまりにイギリス的だった。この最小限に抑える趣味、この最大限に皮肉な調子…。かの国では、人はお茶を飲みつづけ、ぺちゃくちゃと喋りつづけており、空を見上げたり、現状を論じたりするゆとりがあるのだった。彼らはこの歴史についてあれこれ述べ立てることができるのだった。なぜならそこに参加していたのであるから。本能的に、エテルは紙を両手で持つと、まるでそれらを暗記せねばならぬかのように読み返していた。エテルは紙に顔を近づけ、そのにおいを嗅ぎ、馴染みのにおい、たぶん砂丘の中、太陽の下の塩辛い肌のにおいを探すという、昔の仕草を繰り返した。それから手紙をストーブに入れると、それは青みがかった、明るいひとつきの炎で燃え上がった。

彼らは明け方、まるで夜逃げをするように出発した。エテルがすべてを監督した。警視庁の認可証、通行許可証、ガソリン券――これら占領区域の交通課長の署名がされた公式文書は、高齢者と病人を考慮したもので、十二月十四日の一日限りしか有効ではなかった。輪止めから降りたオンボロのド・ディオン・ブートンは奇跡を起こした。それは鍾乳石がぶら下がる峡谷の奥の凍った道を、くじけることなく何キロも走破した。ロクビリエール[*31]にあるアルベルティさんの家は不恰好な石造りの建物で、ヴェズュビの谷に面した村のはずれにあった。アレクサンドルはほぼ昏睡状態で到着した。上の階まで彼を引きずり上げねばならず、エテルとジュスティーヌが彼の後ろを支え、アルベルティ夫人が前を持ち上げた。そして着替えもさせぬまま、ベッドにごろりと転がした。その顔は土気色になり、伸び放題の髪とぼさぼさの顎髭は、さしずめ脱走した捕虜といったところであった。この偉大な男の影で生きてきたジュスティーヌは、急に元気を取り戻した。彼女は小っちゃなアパルトマンを引き受け、まるでそこが彼らの終の棲家になるとばかりに、掃除をし、片付けをし、飾りつけをした。アレクサンドルは少しずつ意識を回復した。彼はぐちをこぼすタイプではなかった。薪ストーブの横にある籐の肘掛け椅子に自分の居場所を見つけると、ニンジンのしっぽと茴香《ういきょう》の偽煙草を吸っていた。エテルは、母が、「夜中にパパが死んだわ。」と告げるのではないかと毎朝思った。

暮らしはエテルが気づかぬうちに回復をみた。村では噂話はなかった。まわりの高い山々が外の世界に対して凍った柵をめぐらしていた。若者たちはイタリアでファシストを銃撃するために出かけていった。まるでシャモアを狩りにでも行ったかのように、自慢もせず、さりとて人目を避けるでもなしに。彼らは雲の中に没した峠を通って国境を越えると、ハム・ソーセージ類、黄色味がかった軽い煙草、チョコレート、薬莢の箱を持って帰ってきた。彼らは羊の皮を着て、日に焼け、髭を生やしていて、権力に屈しなかった。娘たちはブリューゲルの絵の農婦に似ていた。エテルは身を隠すために娘たちと同じ服を着たが、それは彼女たちに憧れたからでもあった。短いケープ、粗い羊毛のスカート、黒いスカーフ、木靴。ここの女たちは寛大で寡黙だった。港の司祭に勧められた、未亡人のアルベルティさんの家に着くと、エテルと家族の身柄は村中の保護の下に置かれた。エテルは村人たちがエテルたちを裏切らないこと、密告するくらいなら、いっそのこと我が身を八つ裂きにするだろうということがわかっていた。

お金が足りなかったが、パン屋、肉屋、あちこちで、みんなはツケにしてくれた。「戦争が終わったらね」とアルベルティさんは言うのだった。戦争は終わることになっていた。ここでは、目を地面にくっつけて歩いたり、物売り台の間で野菜屑を探したりする必要はなかった。金の腕時計や代々伝わる宝石と交換するような秘宝もなかった。そこは貧しく、乾燥していて、冬の空が素っ気なく広がり、風が行く手を遮っていたが、家の中ではストーブが唸り、スープや、酸っぱくなったパンや、乾いた薪の煙などの良いにおいを放っていた。いたるところで澄んだ川の音楽が鳴っていた。

エテルは毎朝、母と一緒に買い物に出かけた。春が来ると、ツバメが空にあふれた。太陽がまだ雪の積もっている頂を輝かせ、谷の中では優しいそよ風が吹き、それは海のにおい、エテルの身を震わせるにおいを運んできた。

肉屋のナイフが白いラードを混ぜ込んだ肉を薄くスライスすると、それはたちまち青蠅にたかられた。母は、彼女いわく心配のせい、夫がトイレへ行くのを手伝うのに毎晩苦労を強いられるせいで、右脚の静脈瘤がひどくなっていた。エテルは母の脚の傷口の縁にくっついているあの同じ蠅を見、まるで蠅たちが生身の母の肉を食べているみたいなので吐き気がした。エテルは蠅たちを追い払ったが、それは戻ってきて、母が歩いているときですら静脈瘤にたかり続けるのだった。薬や包帯が必要だった。村の薬局にはメチレンブルーしかなく、薬局医はジュスティーヌの脚にそれを塗ったが、効き目はなかった。

エテルは両親を見ていた。リビングルームの奥の、ベッド代わりにしているソファみたいなものの上に横になっている母と、一九四〇年の『ル・タン』紙を広げて両手に持ち、心ここにあらずで、夢を見ながら、消えたストーブのそば、枕に頭を押しつけ、籐の肘掛け椅子にどっかり座っている父を。彼らがどうやって知り合い、なぜ結婚しようと思い、何が彼らに一人の娘を誕生させることを思いつかせたのか、その真実を知るには、彼らの本当の物語を知るには、もう遅すぎるのだった。エテルは自分が両親を愛していないこと、しかし彼らに弱みを握られていることに気づいていた。それは繋がりであり、おそらくは鎖だった。エテルは今にも彼らの許を離れ、忍び足で出て行き、そっと入り口の扉を閉めることもできた。食料品屋のネーグル氏がエテルに勧めたように、彼の小型トラックに乗り、ヴェズュビの谷の九十九折《つづらおり》を海まで降りてゆくことも。エテルに何が起こりえただろう？　彼女は二十歳で、戦うことも、策を弄することも、難局を切り抜けることもできた。検査では、税官吏とか憲兵とかを選んで、手玉に取るだけでよかった。そうしてすべての柵を突破するだろう。ラ・スペツィアやリヴォルノへ行くだろう。船に乗り、世界の果て、カナダまで行くだろう。何もエテルを止めるものはないだろう。

五月のある朝、エテルは聞き慣れない音を耳にした。地面、窓ガラス、テーブルの上のコップが揺れていた。エテルは着替える間もなく窓に走り寄った。そしてカーテンを開いた。川沿いの道を、軍の隊列がヘッドライトを灯して進んでいた。トラック、装甲車、オートバイ、続いて戦車。土埃の灰色、新たな陣地に向かって歩いてゆく昆虫のような姿。彼らはゆっくりと、たがいに身を寄せ合いながら進んでいた。家の前を通り過ぎて、北の方へ、山の方へと登っていた。エテルはほとんど息をしないでじっとしていた。トラックの後ろでは、戦車がキャタピラーの音を立てて地面を揺るがしていた。砲塔が前方へと向けられていた。それらは役に立たないおもちゃのようだった。

その音がジュスティーヌを目覚めさせた。彼女は両腕を体からちょっと離し、冷たいタイル張りの床の上に素足で爪先立ちになり、ネグリジェのままで窓に近づいた。エテルは息を吐きながら、「彼らは行ってしまうわ。」と言った。しかし、戦車の後ろに兵士たちを乗せた幌を上げたトラックが現われ、エンジンの音が一層不気味になったときですら、「彼ら」が誰なのか、エテルにはよくわからなかった。ジュスティーヌがエテルの腕を引っ張っていた。「おいで！」母はまるでトラックの兵士たちに聞こえてしまうとばかりに囁いていた。しかしエテルは従わなかった。エテルは彼らを最後の一人までみな見届けたかった。重い外套を着て、互いに身を寄せ合い、多くはヘルメットを被らず、疲労で憔悴した様子のこれらの男たちのことを。窓の方を見ようと顔を上げる者は一人もいなかった。おそらく彼らは怖かったのだろう。この空しさのイメージはエテルの心の中に入り、それ以前の記憶を追い払ってしまった。のちにエテルは、ロクビリエールの、台所の窓から垣間見た男たちが、アルプスを越えてドイツへたどり着くという希望の下に、北への道を行く、ロンメル元帥[*32]のアフリカ軍の生き残りであったことがわかるであろう。そして彼らのリーダーは隊列の中にはおらず、自分の軍隊を敵の陣地に置き去りにしたまま、すでに飛行機でベルリンに戻っていたことを知るであろう。そして狼たちに追われながら、ボレオンの雪を被った山々を徒歩で越えようとして、ラジオからの音もなく、指揮者もなく、命令もないまま、耳をつんざく戦車のキャタピラーの振動とともに、大きくなってゆく山の壁に向かってこの男たちが進んでいたとき、トラックの荷台の上で彼らが感じていたことを想像しようとするであろう。

続く静けさは、来る日も来る日も、来る月も来る月も、遠いささやきのように漏れてくる知らせで、わずかに乱されるだけだった。それから、夏のある日、もう一つの軍隊のざわめきがあり、こちらは凱旋で、住民たちはみな競争のように、その到着を見ようと道へ降りていった。ジュスティーヌはエテルと一緒に橋まで出かけた。正午頃、一団は村へ入って来た。先頭にオートバイとジープ、その後ろに幌を上げたトラックが続き、立っているアメリカ兵、イギリス兵、カナダ兵を乗せていた。ステップには、平服のフランス兵が狩猟用のカービン銃で武装し、車のドアにしがみついていた。叫び声、拍手があった。子供たちが道を走り、彼らはすでに教わったことを心得ていて、手を差し出すと、「チューインガム！」と兵士たちに呼びかけていた。子どもたちは山国の訛りで、「チュインゴンム！」と発音していた。

投げられる板チョコ、玄米パンの袋、コンビーフ、スパムの缶詰。ジュスティーヌは屈みこみ、手の届く範囲のすべてのものを熱心に拾い集めた。しかしエテルは動くことができずに突っ立ったままだった。荷物でいっぱいになったジュスティーヌは、エテルの両手にパンの袋とスパムの缶詰を一つずつ乗せた。エテルは理解できずに見ていた。彼女は耳を聾するばかりのこの静寂のほかは何ひとつ感じていなかった。まるで長い長い喧騒の後のようだった。まるで『ボレロ』の四つの連打音、ティンパニの連打ではなく爆発音、出発の前日にニースに落ち、アパルトマンの風呂場の床を溶かし、町中の警報を唸らせていた爆発音、それらが延々と鳴り響いているかのようだった。

その晩、アルベルティさんの台所で、父と母は白パンのスライスを、ホスチア《聖体のパン》のように白すぎて甘く風味のないパンをちびちびとスープに浸して食べ、エテルは舌の上で蕩ける黄色い泡に包まれた、バラ色の肉のスパムを味わっていた。

ローランが戦争から戻ってきた。一週間前、フランスのイギリス軍部で印刷された厚い紙切れの一枚の葉書が届き、それはただパリからの列車で彼が到着する日付と時間だけを示していた。葉書はニース駅に到着と明示していたが、誰もが――おそらくそれを爆撃した者たちを除いて――ヴァール橋はもう存在せず、列車は動いていないということを知っていた。

エテルは自転車に乗り、海に沿ってヴァール川の河口までペダルを漕いだ。そこにはベレイ橋があった。列車は十一時に着く予定だったが、エテルは九時からそこにいた。もう太陽が燃えていた。崩壊した橋の橋脚の下、川は雪解けの水で増水し、海の上に大きな泥の染みを広げていた。河口の上では、食べ物を探して、カモメの群れが旋回していた。上流にアーチ型の仮の橋が架かっていて、そこは川幅がもっと狭かったが、その場所まで通じている道路は土手の中の轍のようだった。憲兵たちが交通整理をしようとしたり、大型トラックが斜面を上るのに四苦八苦したり、下り坂でそれらのブレーキが軋んだりしていた。人の群れが橋を渡ろうとしていた。スーツケースを持った旅行者たち、夫婦たち、子供たち。エテルは自転車を押しながらなんとか渡ることができた。エンジンの音、ヘッドライトの灯り、埃とガス発生器からのえがらっぽい煙があり、彼女は平和はまだここにはないという気がした。

サン＝ローラン駅でも、あまり順調ではなかった。機関車は発車するために操縦しようとし、運転手たちは怒鳴っていて、駅長たちは矛盾した命令で呼子を鳴らし、転轍機さえも文句を言っているみたいだった。マルセイユへ向けて発車していた列車はあまりに満杯だったので、火花の束を散らしながら牽引車がその場でスリップし、子供たちを大喜びさせていた。

列車が着くたびに、男たちと女たちの波が扉の狭い入り口を通ろうとしてプラットフォームに犇いていた。軍服の兵士たち、解放された捕虜たち、なかには包帯を巻いている者たちもいた。エテルは爪先立ちで立っていた。彼女はなぜ自分がここに来たのか実はよくわからず、もしかしたらローランはもう一方の側に着くのかもしれなかった。エテルの胸は速く打ち、心ならずも、自分がミーハーな女の子のように、フィアンセのように振舞っているのではないかと思った。自分の良心をごまかすために、エテルはこう結論付けることにした。いずれにせよ、たとえローランが見つからなかったとしても、とにかく川辺の野菜栽培業者から野菜を買って帰ることはできるだろう、と。それはニンジンやカブやフダンソウがまだ見つかる唯一の場所だった。運が良ければ、半ダースの卵も。

パリから来た列車の乗客はみな降りてしまっていた。人々の群れはエテルのまわりを流れていった。その目はエテルをじろじろ見つめ、たまに誰かが期待して、微笑みながら彼女を見ていた。すると突然、エテルが立ち去ろうとしていたとき、ローランの姿が目に入った。ローランはプラットフォームの端にいて、待っていたのだった。痩せた体にはやや大きすぎる服、だぶっとしたカーキ色のズボン、黒い靴、そして手には小さな旅行鞄という、彼がブルターニュへ来るのにニューヘイヴン号を降りたときのような、おかしな姿で。ローランはどこかチャップリンの兵隊さんのようだと思い、エテルは笑い出したくなった。

その後すぐに、彼らは抱き合ってキスを交したが、それは久しぶりに再会する恋人同士の熱烈な口づけではなく、かなり男っぽい抱擁で、ローランの腕はエテルの肩に回され、彼女をしっかりと胸に抱きしめた。

エテルは、ざらざらした軍服の上着の感触、この男のにおい、胸の中で響くその声音から、ル・プルデューでの最後の夏の思い出のわずかばかりでも、何かを感じるだろうかといぶかしく思っていた。エテルは、自分たちが砂丘の中に横になり、何もかもが容易で、それが一生続くのだろうと信じることができた過去の時間に戻ろうと努めていた。

ローランはいつもの彼らしく、ぎこちなくてよそよそしかった。エテルを見ると、すんでのところで握手をし、ヴーで話しかけそうになった。でも彼はエテルのいない間、ずっと彼女のことを、その髪のにおい、唇の塩の味、皮膚の毛穴にこびりついた砂のことを考えていた。エテルに詩を書いていたが、それを送ることができないでいた。

沈黙が彼らの間に見えない壁を作り上げていた。ローランはサウサンプトンの兵舎の壁にエテルの写真を忘れてきたことが少し恥ずかしかった。そこに彼は他の兵士と同じようにしようと、最初の頃それをピンで留めたのである。

そのあと、川の土手から海沿いの道を自転車で走ったが、それはル・プルデューの小道とはちがっていた。イギリス人通りの歩道はジグザグに置かれた障害物や、アーチ型有刺鉄線、空き家になった哨舎で塞がれていた。彼らは満員バスの席が空くのを待つよりも、道路に乗り出すことにした。ローランは脚を広げてペダルを漕ぎ、エテルはフレームの上に横座りになり、片方の腕をローランの首に回していた。小さな旅行鞄は後ろの野菜籠の中に引っかけられていた！ それは滑稽で、とても素敵だった。重量オーバーで、古い自転車は呻いたり、横滑りしたりした。何度も立ち止まり、海を前に、脚をぶらぶらさせて、土留め壁の上で休んだ。道沿いでは、歩行者たちがこの赤毛のイギリス軍人と、肩掛け《フイシュ》をはおり木靴を履いたその年下のフランス人婚約者という若いカップルを見ていた。人々は拍手をし、ローランはチャーチルの勝利のVサインをして真面目くさって彼らに応じていた。二人を写真に収める報道カメラマンまでいたが、おそらく地方の三流新聞の一頁目を飾るため、彼はそれを売りつけたのかもしれない、そして、それで世界一周でもしたのではないだろうか？

エテルは笑っていた。それはあまりに久しぶりだったので、エテルの目には涙が浮かんでいたにちがいない。でもそれは良かった。こうして彼らの心は目覚め、冬籠りから抜け出したのだ。たとえそれが清純な思い出ではなかったにせよ、彼らはその一瞬一瞬を取り戻していた。彼らは幸せだったことを思い出していたのだった。

たった一度だけ、ローランは屋根の下のブラン家のアパルトマンを訪れた。ジュスティーヌは「われらの恩人」としてローランを過剰にもてなしたが、アレクサンドルは彼を憶えていないようだった。アレクサンドルは緘黙のうちに閉じこもっていたが、去り際になると、目に不安をいっぱいに浮かべ、ローランの両手を放さんばかりに握り締めた。おそらくエテルを永遠に失おうとしていることが父にはわかっていたのだろう。

パリへ戻る前に――今度はフォセーン社の長距離バスの中で――、ローランはエテルに、「カナダで一緒に暮らさないか？」と訊ねた。エテルは返事をしなかった。エテルは「一緒に暮らす」という意味がどういうことなのか、彼に訊ねはしなかった。愛人になることなのか、それとも妻になることなのか？　ローランはイギリスを発つ前日に書いた、最後の詩をエテルに渡した。傷んでいて、湿っていて、汗のような、疲労のような、おかしなにおいのする紙を。鉛筆書きの字はすでに消えかけていた。エテルは読んだ――

いつもいつも　わけもなく　ぼくはきみのことを思う
きみの目を　きみの声を
終わりまで言わないきみの話し方を
きみの顔のにおいを
ぬれたきみの髪を
砂のなかに横たわっていたとき　ぼくらに寄せてきた潮を
砂丘のうえを歩いていたとき　ぼくがきみの足から抜いた棘を

飢えのリトルネロ

きみはいつもいつもぼくと一緒だった　サウサンプトンの
ポーツマスの
ペンザンスの
廠舎の俗悪さのなかで
そうして　あした　ぼくはフランスの地にふれるだろう
ぼくはきみにふれるだろう

さようなら

フランス、さようなら過去。さようならパリ。

トロントに向かって発つ前、エテルは世界中の誰よりも知っていて、世界中の何よりも好きで、そして何よりも嫌いな、この町を歩いていた。彼女はセーヌ川の縁で熱い空気を呼吸し、マロニエの木の繁みの間で水がきらめくのを見ていた。空は軽やかさを帯び、大聖堂や塔は家々の上を漂っているみたいに見えた。エテルは、笑ってばかりいる、からかい好きの、俗っぽい娘たちの集団や、エテルが古い栗色のコートに身を隠していても、じろじろと見つめる少年たちなど、さまざまな種類の人たちとすれ違った。交差点の、市門の隅にあるビストロのテラスでは、紳士たちが煙草を吸いながら議論し、自分たちの将来について話すのと同じ熱心さで、ニュースや競馬の結果について意見を述べていた。エテルはどこか外国の首都にいるような気がした。

コタンタン通りの方は、それにひきかえ、何も変わっていなかった。銀行はアパルトマンとアトリエを貸していた。多くの人たちが、逃亡中の対独協力者の財産を安値で買取り、金持ちになったようである。するとシュマンは？　そしてタロンは？　きっと巧く切り抜けただろうとエテルは思った。ユダヤ人たちから押収した財産を最も上手に管理したとまで思わせたにちがいない。マドモアゼル・ドゥクーのアトリエは保険代理店になっていた。エテルは動物たちのことを考えていた。どうやって生き延びられただろう？　おそらくパリの大多数の猫たちのようにシチュー鍋の中で一生を終えたにちがいない。自分が住んでいた街の壁に沿って、マルグラン通りのリセの方へ歩きながら、エテルは、まるで幽霊たちが行き交う人々の間に滑り込んだり、自分にそっと触れたり、窓のカーテンの後ろから自分をこっそり見ているような気がした。ラルモリック通り、三十二、三十四番地の、ブラン家の将来を犠牲にしたビルディングはついに出来上がっていた。それはセメントのように陰気な石造りの六階建てで、四角い窓のある、左側が隣と接している高い建物で、不幸な時の流れとともに骨組みが敷地を侵食したかのような、奇妙に狭苦しい感じのする、のっぺらぼうで醜い壁のたぐいであった。右側には、薄紫の家の不倶戴天の敵、コナールの一戸建てが打ち捨てられていた。まもなく取り払われ、次にはそれがビルディングに取って代わる番であることは目に見えていた。エテルは立ち止まらなかった。彼女は郵便受けの上の居住者たちの名前をいちいち確かめようともしなかった。そして苦々しい勝利を感じていた。アカンサス飾りも、女性像のついた柱も、モザイク模様も、円飾り《マカロン》も、すべてを拒み、この集合住宅にどんな装飾を施すことも建築家に許さなかったのはエテルだったのだから。ただ入り口の門のラントーの上に、ばかげていて、なんとなく救いようのない名前、「テーバイ」の文字だけが残されていた。

例外的なこととして、雨の下、出発の前に、エテルは大おじの墓を探すためにモンパルナスの墓地へついてきてほしいとローランに言った。

守衛は墓地の永久使用権の登録簿をめくると、「すぐに見つかりますよ、大天使ガブリエルの横です。」と場所を指示した。彼らは確かに、名前が彫刻され、そのいくつかはまだ読めるが、ほかはほとんど消えている、装飾のない、灰色の大理石の平墓石を見つけた。サミュエル・ソリマンの名前の後には二つの日付があった。一八五一年十月八日―一九三四年七月十日。ただ名前と、その伝説のざわめきだけが。

エテルはソリマン氏の思い出から一枚の写真だけを残した。昔風のパルトーを着て、フェルト帽を被り、口髭と長い頬髭をたくわえた老人。その横にいるのは、セーラーカラーのすとんとしたワンピースを着て、手に自分よりも大きな輪回しの輪を持った、巻き毛のおとなしい少女――エテル。確かに見ようによっては、ソリマン氏は大天使ガブリエルに似ていた。背が高くて逞しく、翼に似た長い頬髭を生やし、右手には剣のような杖を持っていて。

彼らはしばらくの間、雨が傘を打つ音を聞きながら平墓石の前に居続けた。靄が墓地から立ち昇り、土と草のにおいがしていた。月桂樹の繁みのどこかでツグミの声が聞こえていた。ここはしばしば戻ってくるための場所になるかもしれない、高齢の一人の親類を訪ねるようにして、とローランは思った。歯ブラシと小さなヘラを持って、掃除と目地塗りをし直すために。読めなくなった文字の上を軟らかい鉛筆でなぞるために。そう思うとローランは胸の痛みを覚えた。彼の方は、黙想するための家族の地下墓所も、墓地の永久使用権もなければ、おばの名前の書かれた簡素な平墓石すらないのだった。自分をこの地に結びつけるものは、何ひとつとして。

ローランとエテルは急いで、ほとんどよく考えることもなく結婚した。サン＝ジャン＝バティスト＝ド＝ラ＝サールの小さな教会の、ルルエのモザイクの下で。アレクサンドルはよくそれを――「幼子たちをわたしの許へ参らせよ、っていうより、あれは死体を運ぶエレベーターだな！」――とからかっていたものだった。

ローラン・フェルドに良心の咎めはなかった。結局、イエスもユダヤ人だったのだから！ 立会人は、ローランの方は姉のエディス、エテルの方は盛式初聖体拝領のときの年老いた施設付き司祭だった。

エテルは本当はクセニアになってほしかったのだが、戦争の歳月がすべてを根絶やしにし、すべてを消してしまっていた。クセニアとダニエル・ドネはおらず、住所を知らせることもなく去り、世界の果てに、おそらくスイスにでも行ってしまったのだろう。

ジュスティーヌは来られなかった、あるいは来ようとしなかった。彼女はアレクサンドルのこと、近頃ひどく悪化した夫の健康状態、お金が無いこと、疲れなどを言い訳にした。だが、本当はきっと恥ずかしかったのだろう、そんなところにちがいない。ジュスティーヌは自分が追い出された町をもう二度と見たくもなく、悔しさや嫌悪感を感じていたのだ。「行って何になるっていうの？　あなたがパリに住むわけでもないのに。」エテルはその言葉を真に受けるふりをして言った、「それじゃ、わたしたちに会いに向こうへ来てちょうだい。」ジュスティーヌはそうすると約束した。だが船に乗り、汽車に乗って…。それは最後の別れであった。

八月のパリは、暑さに喘ぎ、初めての自由に酔い痴れていた。旗、幟が掲げられていた。まだ人気のない車道を、イギリス軍、アメリカ軍、カナダ軍の装甲車が走り、その後をF.F.I.《フランス国内軍》の自動車がばらばらに追いかけていた。愛国者たちが旗を振りながらバスで広場を横切っていた。人々の群れの中で、エテルはいきなり男たちの集団に捕らえられ、激流に巻かれたように連れ去られてしまい、彼女の手はローランの手を探していた。男たちはエテルをくるくる回したり、その場で回転させたり、茂みの中に隠れているオーケストラに合わせてワルツを踊らせたりした。その中の一人がいきなりエテルにキスをし、不器用な仕草で、体を撫で回したり、胸に触ったりした。エテルが叫び声を上げてもがくと、男たちは走って逃げ、夜の中へ消えてしまった。エテルはローランにしがみつき、足は震え、胸は早鐘のように打っていた。ローランが、あれはカナダの兵隊たちだと言うと、おかしなことに、エテルはかすかな喜びを感じた。彼女は笑っていた。なら、新しい同国人だったのか！　エテルは彼らに再び会って、その名前を知りたいと、ほとんど望んだことだろう。

結婚式に続く日々、彼らはあちらこちらへ行った、ホテルからホテルへ。行き当たりばったりに、街から街へ。ブロメ通りのホテル・ブロメ。ファルギエール通りのホテル・フルリ、ヴォジラール通りのホテル・プロミオン、デュト通りのホテル・デュ・ヴォワイヤージュ。駅の近く、デダンブール通りのホテル・デダンブール、ジャン＝ブートン通りのホテル・デ・ヴォワイヤジュール、ル・デパール通りのホテル・ド・ブルターニュ。ル・カルティエ・ラタンでは、ビュシ通りのホテル・ルイジアナ、ムッシュー＝ル＝プランス通りのホテル・デ・バルコン、セルパント通りのホテル・デ・ゼコリエ。それから北の方、ル・カルティエ・ド・ラ・グート＝ドール、モンマルトル、ビュット＝ショモン。部屋は小さくて、暑すぎたが、シャワー室には湯沸かし器の石炭がないので冷たいシャワーの水を浴びねばならなかった。彼らは手荷物なしで来ていた。ローランが自分の髭剃りと、エテルのわずかな化粧道具と、下着類を入れた小さな旅行鞄を持っていたきり。ホテルの管理人の目が時々光ったり、あるいは宿屋の主人がしたり顔で、「若いお二人さん」とか、その手のことを彼らに言ったりした。エテルはちょっと心配して言った、「ねえ、みんなわたしたちが結婚してないと思ってるわよ！」だが、ローランの方はそれを馬鹿にし、名簿に記すときにわざと間違えてマドモアゼル…と書き、それからすぐ「マダム」に訂正するのだった。

以前、彼らはブルターニュを探検したり、アイルランドに行くなど、別の旅行を計画していた。しかし今は、市内バスでパリを一周するだけで我慢していた。彼らはセーヌ川の岸辺でピクニックをしたり、マルヌ川まで足を延ばしたりした。ある午後、エテルは昔クセニアと待ち合わせたあの場所、白鳥の小道へローランを連れて行きたいと思った。エテルは、まるで剝げた石膏像のように突っ立って、藪の中の恋人たちを横目でそっと見ている、年取った痴漢にまで再びお目にかかった。

ローランの手を引いて、エテルはエッフェル塔が素晴らしくよく見える、象の木まで彼を連れていった。彼らは立ったままでいた。ベンチは盗まれていたし、土手は腰を下ろすには泥濘《ぬかるみ》がひどすぎたからだ。川舟が汚い波を舳先で押しながらゆっくりと通り過ぎていた。エテルはローランに、流れに揺れる藻草の髪、光の渦、水に浸かった根っこに引っかかった泡の花など、自分の好きなすべてのものを見せようとした。しかしローランは何も言わなかった。彼は煙草に火をつけ、すぐにそれを指で弾いて川の中に放った。ローランはそこにいたがらなかったので、エテルは一瞬、それを嫉妬によるものと思った。なぜならその場所にエテルはクセニアと一緒に来ていたのだから。

少しして、通りと同じ名前のホテル・デ・ザントルプルヌールの部屋で、ローランはこんなふうに説明した、「あれはぼくにとって恐ろしい場所なんだ。ちょうど真向かいに、ル・ヴェル《冬季競》・ディヴ《輪場》がある、そこはおばのレオノーラがパリのユダヤ人全員と一緒に、ドランシーの収容所に送られるために、警察に連れて行かれたところなんだ。ぼくはあそこを見ることも、近づくこともできないんだ、わかるかい?」

エテルにはわからなかった。なぜ彼女はそのことを何も知らなかったのだろう? だがなぜローランがここを去り、もう二度と戻りたくないかはよくわかるのだった。それは冒険のためでもなければ、カナダにアルバイト先を見つけたからでもなかった。エテルもまた同じだった、彼女も二度と戻らないだろう。

たった一度だけ、ローランはエテルをヴィレールセグゼル通りのおばのアパルトマンまで連れて行った。内気さからか、それとも機会がなかったからか、彼はエテルにおばを紹介したことが一度もなかった。エレベーターは戦争が始まった頃から故障していたので、彼らは三階まで階段を上った。それは細工が施されステンドグラスを嵌め込まれた扉がある玄関ホールと、糸になるまで擦り切れた古くて赤い絨毯の敷かれた黒っぽい木の階段がある、レンガ造りの美しい建物だった。その場所は静かで、ちょっと不気味だった。三階の、ある扉の前でローランは立ち止まった。ベルのボタンの上にある銅のプレートに、エテルは、「ヴィコント・ダデマール・ド・ベリアック」という名前を読んだ。それは例のモーリシャス風の姓に似ている、とエテルは思った。

ローランは考え込んでいるように、扉の前にしばらく佇んでいた。「鳴らさないの？」とエテルは訊いた。彼は顔を顰めた。「無駄だよ、この人たちは何も知らないんだ。エディスが訊ねたそうだよ。この人たちは入居したばかりなんだって。誰も何も知らないんだ、まるでおばは一度もここに住んだことがないみたいに。」ローランはゆっくりと後退りした。その扉を、ニスの剝げ落ちた、下の方に蹴られた跡のある、ずいぶん醜い扉をいつまでも見据えたまま。それは老婦人がガウンを羽織っている間、警察官たちが痺れを切らして軍靴で蹴った痕跡でもあろうか？　二人はその日の後も、次の日以降もその話をしなかった。彼らはもう白鳥の小道の方にもグルネル橋の方にも近寄らなかった。町は人であふれた部屋のように、祭りの音と、自由になった陶酔とで鳴り響いていた。エンジンの唸る音、クラクション、カフェの音楽、ラ・バスティーユ広場、モベール広場、サン＝タントワンヌ門での馬鹿騒ぎが聞こえていた。にもかかわらずローランは、あの塞がらない傷口、あのパリの中心の沈黙のゾーン、恐ろしい競輪場、階段席、あの男たちと女たち、あの子供たちを閉じ込めた扉について考えることをやめられなかった。夜明けにそれぞれの自宅で捕らえられ、何の警戒心もなく、自分たちを待ち受けているものにも気づかずに連れて行かれた人々。その人々に警察官であるやつらは言ったのだ、どうぞご心配なさらずに、ただの検査です、ほら、新しい法ですよ、それはあなた方のため、あなた方の安心のためです、政府はあなた方を守っています、何も心配することはありません、何も持ってゆく必要もありません、今夜には帰れるでしょう。

ローランはドランシー監獄の話をしたが、エテルがその名前を聞くのは初めてのことだった――戦前、なんと皮肉なことに、憲兵の兵舎として建てられ、そこにダラディエが共産主義者たちを閉じ込めさせた、パリ北部にある大きな建物のことを。レオノーラおばが共産主義者と何の関係があったというのだろう？　そのあと彼はもう何も言わなかった、おそらくそれ以外は何も知らなかったのだろうから。街の警察署、警視庁では口を噤んでいた。捜査が進行中であることを用心深くにおわせたり、丁重に告訴を仄めかしたりしていた。いったい責任者たちはどこにいたのだろう？　逃亡中か、あるいはたぶん、フランスの解放のときに、街灯に吊るされて殺されてしまったか？　おそらく訴訟、刑の宣告があるだろう。しかし、白鳥の小道の前の、パリの中心に穿たれた沈黙は、いったいどうやって消え去ることができるだろう？

ローランは様変わりしていた。もう何でもないことで赤くなり、それを娘たちから冷やかされていた、昔エテルが知っていた青年ではなかった。今では彼のなかで何かが鍛えられていた。街から街へと行く初夜の日々の間、ローランはほとんど喋らなかった。エテルと一緒にバスに乗ると、速足で通りを歩いた。ローランはホテルを見つけると、エテルを部屋に引っ張っていった。彼は急いでセックスをしたがっていた、体が汗で濡れ、息を切らし、痛みに似た麻痺のようなものに浸されるまで。

今までにエテルは一度も、人がこんな状態になれるとは想像したことがなかった。それは乱暴で、獣じみているとともに、勢いと欲望に満ちていた。エテルはカナダの兵隊たちの輪舞《ロンド》に引きずり込まれた、あの群集の中にいた時のように、押し流されるがままになっていた。だが今、求め、必要としているのはエテルの方だった。ローランにしがみつき、脚を絡み合わせ、腹と腹をつけて、彼らはもう一つの体でしかなくなり、同じ皮膚を分かち合っていた。彼らは同じリズムで呼吸し、彼らの筋肉、彼らの腱の中、同じエネルギーでもって震えていた。行為が終わるとすぐ、エテルは熱い眼差しをし、真顔でローランを見つめて言った、「もう一度？」あたかも足を踏みしめるたびに、ふたたび水の流れに巻き込まれてしまうように。

彼らはもう喋らなかった。一度、ローランは自分の戦争体験を断片的に語った。フランス北部での、彼が名前も知らない川の畔での作戦。あちこちで、襤褸をまとい、取り乱し、飢え、垢だらけの顔の中でぎらぎらと目を光らせていた、浮浪者や人殺しによく似た捕虜たち。

おそらく戦争などなかったのでは、とエテルは考えていた。道の上をさまよい、それから山の中に隠れたエテルとその家族にとってと同じように。ただ犯罪が、犯罪と犯罪者が、略奪したり、暴行して殺したりするために、野に放たれた群れがいただけの話で。エテルはローランに、毎日腹を蝕んだ、あの飢えのこと、コート・ダジュールの市場の物売り台の間で野菜屑を奪い合っていた老人たちのこと、暮らしがゆっくりしていた後背地の谷のこと、母の脚に食らいついていた蠅の群れのことを話さなかった。それらすべては容易に語ることができなかった。それは別の世界の出来事だった。

　クセニアの消息は思いがけないかたちで入ってきた。ローランが『イリュストラシオン』のある号を読んでいると、そのなかに社交界の出来事について取材した、ブーローニュの森やホテル・ル・ルレでの、パリのファッションショーの記事が出ていた。写真はあまり鮮明ではなく、ブルジョワ階級の花形の娘たちが写っていたが、解説にはシャヴィロフ伯爵夫人のことが書かれていた。エテルはル・ルレに、それから通信社に電話をし、ついにクセニアと連絡を取ることができた。電話では、クセニアの声は以前と変わりなく、少し低くて、掠れていた。そこにはある躊躇いがあった。それでも彼女たちは、白鳥の小道ではなく、ルーヴル美術館のカフェ・テラスで会う約束をした。そのこともまた変化を示していた。

　エテルは約束よりも早く来て、すぐには席につかなかった。エテルは自分がそこに居たいのかどうかさえよくわからなかった。クセニアは一人でやって来た。背が高くなり、痩せたように見えた。奇抜なドレスではなく、グレイのぴったりしたテーラードスーツを着、髪をシニョンに結っていた。エテルはクセニアだということがわからなかったかもしれない。彼女たちはキスを交わし、エテルは、昔心を打たれて胸をどきどきさせたあの貧しさのにおいがクセニアからもうしないことに気がついた。二人は過去を避けるためでもあるように四方山話に興じた。クセニアは相変わらず同じ目つきをしていたが、もっと冷ややかなものがあるのが感じられた。

「それで、あなたの方は？」

クセニアは自分の結婚のこと、設立したいと思っている高級婦人服店《オートクチュール》の計画、ダニエルがエッフェル塔近くの高級住宅街に買ったアパルトマンの話をしたところだった。クセニアはエテルの話をうわの空でしか聞いていなかった。クセニアにはエテルがそれまで見たことのないチック症状があり、右のこめかみを掻いたり、指の関節をぽきぽきと鳴らしたりした。

テラスは日に照らされており、すでにとても暑かった。次第に彼女たちは昔の話に夢中になった。話題を次々に変えるクセニアのセンスは健在で、彼女は若いアメリカ兵たちとテーブルにいる裾の短い服を着た娘たちをからかっていた。「去年の冬に、ドイツ兵たちとくっついていた娘たちよ！」二人はマルグラン通りのリセ時代のこと、舎監たち、女に言い寄っていたフランス語の教師、ワンピースが風に捲くれていたマドモアゼル・ジャンソン、子供が出来てしまったので結婚した女生徒たち、海軍省や郵便電信局に仕事を見つけた女生徒たちのことを思い起こした。エテルがローランのこと、そして彼とのカナダでの新しい生活のことを話すと、それはクセニアのお気に召さないようだった。エテルはクセニアがエテルのことを妬んだり、他人の幸せを受け入れないような類の人たちになれるとは想像できなかった。「よかったじゃない、だってはっきり言って…」はっきり言って？　クセニアは話を続けていたが、めずらしくそれは皮肉ではなかった。「ほら、リセでわたしがほかの子たちにその話をすると、あなたが身を持ち崩すとか、カルヴェリスや、あの猫を彫刻していた、あなたがわたしに話していたひとみたいになるって思われていたじゃないの、なんて名前だったかしら、あのひと？」エテルはクセニアを見つめ、自分が恥ずかしさを覚えないことに驚いていた。結局のところ、クセニアはすべてが平凡に終わることを好んでいたのだ。思春期の盛りの愛らしさは消え去り、クセニアにはもうどこにでもいるような、確かにいつも綺麗だが、やや通俗的で、やや意地が悪く、おそらく満たされていないような女しか残されていなかった。その方が良かった。人は聖画像《イコン》を崇拝したまま人生を送ることはできないのだった。

そうこうするうちに、ダニエル・ドネがやって来た。彼はエテルが想像していた人とは違っていた。背が高く、褐色の髪で、品が良く、真面目な感じだった。彼はクセニアの向かいに座るとエスプレッソを飲んだ。あまり話さず、次々と煙草を吹かし、物静かに眼鏡を拭いたりした。ふと、エテルがクセニアの仕事のこと、彼女のブランドを作り、アメリカにプロジェクトを広げる可能性についてほのめかしていたら、ダニエルはそれを遮り、「ぼくが一つだけ望むのは、普通の生活を送ることだ。」と言った。エテルは自分の友だちが侮辱されたように感じたが、しかしクセニアは、この青年にとって「普通の生活」とは何なのか、首を傾げる様子でもなかった。クセニアはダニエルの指先を握っていた。彼はクセニアの所有者であり、彼女にはすべてを受け入れる準備ができていたのだ。エテルは自分たちの友情はもうこの先存在しないことがわかった。一瞬の後に、「じゃあ、行こうか?」と言い合うような、クセニアとダニエルが互いに交し合った束の間の視線によって、エテルはそのことを確かめた。

エテルは大急ぎで立ち上がると、自分が会計をすると言い張った。そしてダニエルの手を握り、クセニアに軽くサインを送ると、昔の思い出として、「ダ・スヴィダーニヤ？《さようなら》」と早口で言った。おそらくエテルは、自分もエゴイストになったのだと漠然と感じたことだろう。そして遅刻するとでもいうように、エテルは駆け足でその場を去った。

アレクサンドルはそれらの日々のうちに死んだ。ローランとエテルがパリの街をホテルからホテルへと旅していて、連絡の取れない間に。水腫が肺に広がり、彼は息を詰まらせていた。微生物の戦争が休戦協定と爆撃の向こうで続いていた。アレクサンドルを連れ去ったのは微生物たちであった。

埋葬はニースで行なわれた。町から遠く離れた、西側の高台の上の、真新しい墓地、丘の中腹にコンクリートの簡素な箱が並ぶ、外人のための大きな墓地で。ほかに選びようがなかったのだ。ソリマン氏が眠っているモンパルナスの地下墓所は、遠すぎて、列車用の鉛を被せた棺はもうなく、そのうえ暑すぎた。エテルが着いたとき、父は死体公示所で待っていた。従業員がそれは匂いのせいなのだと説明し、緊急を要していた。ローランの助けで、エテルは夫から借りたお金ですべてを支払い、すべてのことを引き受けた。棺《死者の抽斗》の表に、エテルはどんな慣用表現が書かれることも拒んだので、葬儀進行係の顰蹙を買い、「少なくともR. I. P.《安らかに憩わんことを》とねえ、お嬢さん、これは最低限ですよ。」と言われた。おそらく一行につき幾らという計算だった。「いえ、父はラテン語が嫌いでした。名前と、生没年、ピリオドが一個、それだけで十分よ。」エテルはラルモリック通りのファサードに女性像の柱をつけるのを拒んだときの口調でそう言っていた。

つかの間、全員が、あるいはほとんどの者たちが、ジュスティーヌのところに集まった。モーリシャス人のおばたち、ソリマン氏の方のいとこたち、そして過ぎ去った怨恨を堪《こら》えたルアール大佐やルメルシエ将軍夫人まで。それは新たな家族という錯覚を与えたかもしれない、まるで何事もなかったように、あるいはアレクサンドルの死がこれらの人々の愚劣さを洗い流したように、そして終わったばかりの悲劇と苛酷さの中で、まるで彼らには何の責任もなかったように。

エテルはこの人々を注意深く見つめ、彼らを過去に、エテルの子供時代に再び結びつけようとしていた。しかし心はもうそこになかった。亀裂は修復のしようがなかった。エテルは早く世界の別の果てへ行き、ついには自分たちの暮らしを始めたかった。

通夜と葬儀のあと、ジュスティーヌはアパルトマンで手短な集会を開いた。それは、各自が順に歌ったり、華やかなお喋りに興じたりしたコタンタン通りのサロンではなかった。しかし、屋根裏部屋の窓からは、遠くに光る海、ふたたびヨットや漁から戻るポワンテュ、*33 ヴィルフランシュの停泊地へ向かうコルシカ島の貨物船が見えるのだった。看守のように沖合いでじっとしている、イギリスとアメリカの巡洋艦。港の区域では、再建設がすでに始まっていて、防御壁、砲床がハンマーで取り壊され、そして毎晩、灯台の目玉が再びメカノ社のタワーの上に灯るのだった。

「わたしたちと一緒に来て暮らしたらどうかしら?」とエテルは再び訊ねた。ジュスティーヌはため息一つつかなかった。「わたしが向こうで何をするというの？　迷惑になるでしょうに…。年を取りすぎて、すっかりくたびれ果てているし。あなたたちが時々会いに来てくださいな、そうしてちょうだい。」

ジュスティーヌはほとんどショッキングな、本能的な仕草をした。エテルのお腹に掌を置き、「生まれたら教えてちょうだい、ささやかなお祈りができるように。」と言ったのである。どうして母にわかったのだろう？　生理が止まったこと、エテルはまだそのことを確信できていなかったし、ローランにも話していなかった。ジュスティーヌは困っているような感動しているような、共犯者の微笑みを浮かべた。「お腹の先が尖っているかどうか、手紙で知らせてちょうだい、その場合は男の子だってことがわかるから。」

めずらしく、正しいのはジュスティーヌの方だった。母はすでにこの町の人間だったのだ。ジュスティーヌの寝室からは、身を乗り出すと、アレクサンドルが埋葬された険しい丘を湾の端に見つけることができた。屋根の下の小さなアパルトマンに、母はいろいろな物、本、引越しと競売をくぐり抜けてきた家具など、彼らの共通の暮らしの思い出をすべてまとめていた。絵や版画。サミュエル・ソリマンがモーリシャスを離れる前、十七歳のときに描いた、月光の下のピーター・ボス山の擦筆画。廊下には、車でフランスを縦断してきた仕込み杖一式がうやうやしく掛けられていた。夫が死んでから、ジュスティーヌは仕事に対するすばらしい判断力を発揮していた。公証人のところで終身年金にしたおじの遺産で彼女は生き延びてゆくことができるだろう。それでミルーおばに幾らかのお金を与え続けることも、おばが修道院に入るのを助けることもできるだろう。あとの者たちはどうにかやって行けるだけのものを持っていた。おそらくジュスティーヌはすでにモードを許したのだろう、そしてモードが飢え死にしないように小包を送ることだろう。ジュスティーヌは週に一度か二度、スィヴォードニア館へ行くことさえするだろう。

今日

たぶん日暮れ時なのだろう。七月のパリは、暑さがホテルの部屋を息苦しくしている。その息苦しい空気から逃れるために、僕は朝から晩まで歩いている、道を行き当たりばったりに。歴史的建造物《モニュメント》は見に行かなかった。見方によっては、僕は自分を旅行者と感じていない。何かが僕をこの町に結びつけている、たとえ隔たりがあるとしても、それが何なのかわかりえないとしても。罪責感と不信感との間の、あるおかしな気持ち——あるいはたぶん恋の恨み。本能的に僕の足は——そしてバスの移動は——僕を町の南の方へ、噂ではよく知っている地区の方へと導いた。それは母が僕の子供のときから繰り返し口ずさみ、僕がそらで覚えてしまった、街、大通り、並木道、広場と小広場の名前の連なりである。母がパリを思い起こすたびに、浮かんできたのはこれらの名前だった——

ファルギュイエール通り
ル・ドクトゥール＝ルー通り
レ・ヴォロンテール通り
ヴィジェ＝ルブラン通り
ル・コタンタン通り
ラルモリック通り
ヴォジラール通り
ル・メーヌ並木通り
ル・モンパルナス大通り

そしてまた——

レ・ザントルプルヌール通り
ルルメル通り
ル・コメルス通り
ノートル＝ダム＝デュ＝ペルペテュエル＝スクール

僕は昔ル・ヴェル・ディヴがあったところを探した。

それは今ではラ・プラットﾞ＝フォームという名前である。

それは高いところにある、人気のない、風ばかりが吹き抜ける広場で、数人の子供たちが遊んでいる。その広場はいくつかの高い建物、十六階建てのタワーで囲まれ、初めは立ち入り禁止なのかと思ったほど、ひどく荒廃している。そのあとバルコニーの上の洗濯物、パラボラアンテナ、窓のカーテンを目にした。プランターの中ではゼラニウムが干からびていた。

それは空中の無人地帯《ノーマンズランド》、砂漠である。建物には、気障《きざ》で、おかしな名前がついていて、さながら空想科学小説《サイエンスフィクション》の舞台だ――それらはオリオン小島、カシオペア塔、ベテルギウス、コスモス、オメガ、レ・ネビュルーズ塔、レ・ルフレ塔という。昔なら、ギリシャ、インド、スカンジナヴィアの女神の名前をつけたことだろう。ラ・プラット＝フォームの建てられた時代、建築家たちは宇宙を夢に見、彼らは別の世界から戻ってきたか、宇宙人に誘拐されたか――それとも単に映画の観すぎだったのかもしれない。

僕は罅《ひび》の入ったラ・プラット＝フォームの上を歩いている。影がなく、セメントと建物の壁に眩しい直射日光が反射している。さっきの坊主たちが僕に追いつき、彼らの声がこだまのようなものと一緒に鳴り響いている。そのうちの、みんながハキムと呼んでいた一人が近づいてきて言った、「何探してるんですか？」彼は挑発的で、攻撃的だ。この見捨てられた広場、これらのタワー、それは彼らのものであり、遊んだり冒険したりする彼らの場所なのだ。ここ、彼らの足の下で、五十年前、あの残虐で、想像しがたく、許しがたいことが起きた。おそらく座席の列の間では追いかけっこして遊んだり、笑ったり、たがいに呼び合ったりしていた同じ子どもたちの声がし、スタジアムの閉ざされた壁には同じこだまが鳴り響き、その上に女たちの嘆いたり叱ったりする声がしていたことだろう。ラ・プラット＝フォームの上には、ファサードから剝がれたコンクリートの欠けらが落ちている。レ・ルフレ塔はターコイズブルーのタイル貼りだ。オリオンは暗青色。ル・コスモスは車輪の飾りのついた長いバルコニーで仕切られているが、その車輪の中には輪付き十字のようなものが取り付けられ、昔は黄金色だったのだろう、それは古代エジプトのアンクの図像を思わせる。それは僕らの時代のピラミッドで、エジプト人たちの輝かしい祖先と同じくらい見栄っ張りで無用なもの――そしてそれよりずっと寿命の短いものであることは確かだ。一本の巨大で細い、円筒状の、ミナレットに似たタワーが、その地区全体を見下ろしていて、位置からすると、それはほぼ確かにル・ヴェル・ディヴの競技トラックの中心にあると僕は睨んでいる。

廃屋になった中華料理屋と、ベレニス（これもまた奇妙な名前だ）の腐った階段を通り越したところの、台地の端で、僕はふたたび街を見つけた。それはラ・プラット＝フォームの下の方にある、アーケード街、駐車場、Fina のガソリンスタンド、スーパー何とか、人気のない、ほとんどいかがわしいオフィスの並びである。レ・キャトル＝フレール＝ペニョ通り、リノワ通り、ランジェニウール＝ロベール＝ケレール通り。階段席はどこにあったのだろう？　レオノーラが警察の小型トラックを降りたときに、捕虜たちと一緒に通ったはずの扉は？　誰が彼らを待っていたのだろう？　まるでパーティーへ招待でもするように、名前をチェックしていた者がいたのだろうか？　それとも彼らはそこに、陽が燦燦と照りつける入り口の前に放っておかれ、まるでこれから競技が始まるとでもいうように、円形競技場の巨大なトラックを眺めていたのだろうか？　レオノーラは知り合いの顔を、座るための場所を、物陰の隅を、そしてたぶんトイレを目で探したにちがいない。そして突然、自分の上、あの男たちと女たちの上、子供たちの上で、罠の蓋が閉まったことがわかったのにちがいない、それは一時間でも二時間でもなく、一日でもなく、永久にであり、彼らには出口もなければ希望もないということが…。

僕はシナゴーグの隣にある写真美術館の扉を押した。それがラ・プラット＝フォームの中心にある白くて高い煙突と垂直に交わる場所であるのにちがいないことを直感が知らせたのだ。僕は特に礼拝の場所に興味があるわけではない。だが、ここは他とは違う。写真の顔は僕の脳裏に潜り込み、心の奥まで押し入ってきて、僕の記憶の中に入り込んでしまう。それらは名の知れぬ顔で、僕とは何の関わりもないのだが、それでも僕は彼らの現実に衝撃を覚える。昔ウディノ通りの古文書館で、ナント、ボルドー、マルセイユで売られた奴隷たちの登録簿を読んでいたときと同じように。

マリオン、カフィール人、フランス島。クンボ、カフィール人、フランス島。ラガム、マルバール人、ポンディシェリ。ラナヴァル、マダガスカル人、アントンジル湾。トーマス、ムラート、ブルボン島。

未舗装の道に沿って立っている子供たち、背景にいる大人たち。サルトゥルーヴィル、リュエイユ、ル・レンシーの新しいゲットーの建物にあまりによく似た、ドランシーの、直線的な高い建物の下。彼らはその季節にしては暑すぎる外套を着、子供たちはベレー帽を被っている。前景にいる彼らの一人は、胸のところに星を一つつけている。彼らはカメラに向かって微笑んでいて、肖像写真のためにポーズを取っているように見える。彼らは自分たちが死にに行くことを知らない。

一枚の紙の上に、僕は恐怖の地図を読む（次ページ）――

それから接続駅の名前、ドランシー、ロワイリュー、ピティヴィエ、リヴィエラ・ディ・サーバ、ボルツァーノ、ボルゴ・サン・ダルマッツォ、ヴェンティミーリアも。あちらこちらへ行き、これらの場所の一つひとつを知り、そこでの暮らしの立ち直り、そこに植えられた樹木、記念建

フールスビュッテル

ノイエンガンメ

エスターヴェーゲン　ラーフェンスブリュック

ザクセンハウゼン

オラニエンブルク　トレブリンカ

スヘルトーヘンボス　ベルゲン＝ベルゼン　クルムホーフ

モーリンゲン　ドーラ　リヒテンブルク

ソビボル

ニーダーハーゲン＝ヴェーヴェルスブルク　バート＝ズルツァ　ルブリン＝マイダネク

ブーヘンヴァルト　ザクセンブルク　グロース＝ローゼン　ベルツェック

テレージェンシュタット　プワシュフ

アウシュヴィッツ＝ビルケナウ

ヒンツァート　フロッセンビュルク

ナッツヴァイラー＝ストリュートフ

ダッハウ

マウトハウゼン

造物、碑文はどのようであるかを理解しなければならないだろう、だがとりわけ今現在の、そこで生きている人々の顔を見、彼らの声、叫び声、笑い声、周りに建設されたいくつもの町の音、移り行く時の音を聞かなければ…。

それは気が遠くなり、吐き気のすることだ。僕はラ・プラット＝フォームに沿って、通りを歩いている。グルネル河岸通りでは、車やバスがくねくねした鉄の列をつくり、それらの輪がクラクションを鳴らしながら交差点で衝突し合っている。セーヌ川は四二年七月のあの日々と同じ様子をしているにちがいなく、たぶんレオノーラと他の者たちは競輪場の方へ向かう間、警察のバスの窓格子の隙間からこの川をちらっと見かけたことだろう。川は歴史を水に流す。それはわかりきったことだ。川は物たちを消し去り、その土手には何一つそう長く残るものはない。

母は白鳥の小道のことを僕に話したことは一度もなかった。それでも、勘が働き、僕はトネリコの木陰にある、川の真ん中の道まで階段を降りていった。そこは美しい場所なのに、散歩する人たちはごくわずかしかいない。八歳くらいの娘を連れた夫婦、数人の南アメリカ人、またはイタリア人の観光客、木々の写真を撮っている黒い服を着た若い日本人の女性。ベンチには二組か三組の恋人たちがいて、ひそひそと話し、エッフェル塔には見向きもしない。

僕はセーヌ川のほとりで身をくねらせている一本の古い木のそばで立ち止まった。低いところに枝が生えていて、僕はそれが何かの動物、川の泥の中から上がってきた爬虫類の一種に似ていると思う。足元の根っこの間では、黒くて長い藻が髪の毛のように揺らいでいる。

正面の、川の向こう側では、ラ・プラット＝フォームが暑さによる蒸気の中で、この世のものではないようだ。僕は高い建物を見る。それらは一日の終わりの空に接している黒い墓碑に似ている。真ん中には、雲の中に溶け込んで頭もなく目もない、あの突拍子もないようなタワーがある。これ以上遠くへ行く必要のないことが、僕にはわかる。行方不明者の物語、それが永遠に据えられたのはここなのだ。

川と同じゆっくりとした流れで、町は流され、その記憶が液化するのにまかせている。ラ・プラット＝フォームの坊主、ハキムの言うとおりだ。彼の厳しい眼差し、なめらかな額、黒っぽい目、「何探してるんですか？」

白鳥の島《リル・デ・シーニュ》、モーリシャス島《リル・モーリス》*34。『Isla Cisneros《イスラ・シスネロス》』。僕はこれまで一度も結びつけたことがなかった。セーヌ川に降りそそぐ俄か雨のせいで急ぎ足になり、向こう岸へと立ち去りながら、僕が思うのはそのことだ、そして必死に微笑みをこらえようとしている。

『ボレロ』の最後の小節は、張り詰めていて、暴力的で、ほとんど耐え難い。それは激しさを増し、ホールを覆い尽くし、今や聴衆は全員立ち上がって、ダンサーたちがくるくる回りながら動きを加速してゆくその場面を見つめている。人々は叫び声を上げ、その声はゴングの連打音に覆い隠される。イダ・ルビンシュタインとダンサーたちは、狂気に突き動かされる操り人形である。フルート、クラリネット、ホルン、トランペット、サクソフォン、ヴァイオリン、ドラム、シンバル、ティンパニ、すべては、破れ、詰まり、自らの弦や音を壊し、世界の利己主義的な沈黙を壊すほどに、撓んだり、張り詰めたりしている。

ぼくの母は、『ボレロ』の初演の話をしてくれたとき、彼女の感動、耳にした叫び声、喝采と口笛のやじ、どよめきのことを語った。同じホールのどこかには、母が一度も会ったことのない青年、クロード・レヴィ=ストロースがいた。彼のように、ずっと後になってから、母はあの音楽が自分の人生を変えたことをぼくに打ち明けた。

今、なぜなのかぼくは理解している。母の世代にとって、リズムとクレッシェンドによって圧倒し、執拗にくり返されるあのフレーズが何を意味していたのかを。『ボレロ』は他と同じような楽曲ではない。それは予言である。それは怒りと飢えの物語を語っている。それが激しさの中で終わるとき、続いて起こる沈黙は、呆然となった生き残りの者たちには恐ろしいものである。

ぼくは、心ならずも二十歳の英雄であった若い娘の霊に捧げて、この物語をしるした。

飢えのリトルネロ◆訳注

1 『**飢餓の祭り**』 ランボーのこの詩は、ボドメール財団のもとに保有されている自筆原稿と、メッサン書店刊の複製（詩句の一部が書きかえられている）の二通りが存在し、本書のエピグラフでは後者の冒頭の三連が引用されている。日本語訳は数多くあるが、先の条件に見合う訳として、粟津則雄氏の訳を採用した。

第1章 薄紫の家

1 **モーリシャス島** インド洋のマスカレーニュ諸島に位置する、現在のモーリシャス共和国のこと。この小説の時代はイギリス領であった。ル・クレジオの祖先はフランス革命期にこの島へ移住し、現在でも多くの親戚がこの島で暮らしているという。

2 **ヴァラング** 旧フランス植民地で用いられたベランダのこと。

3 **ヴィリニュス** リトアニア共和国の首都。

4 **エレーヌ・ブシェ** （一九〇八〜一九三四）。フランスの女性パイロット。多くの飛行速度の記録を更新した。

5 **ケレンスキー** アレクサンドル・フョードロヴィチ・ケレンスキー（一八八一〜一九七〇）。ロシアの政治家。ロシア革命の指導者の一人で臨時政府首相を務めたが、十月革命でボルシェヴィキにより失脚させられた。

6 **ミラボー** オノレ・ガブリエル・リクティ・ミラボー伯爵（一七四九〜一七九一）。フランス革命初期の指導者。

7 **ロカルノ** ロカルノ条約のことと思われる。ベルサイユ条約締結後のヨーロッパに集団安全保障体制を構築するため、一九二五年にスイスのロカルノで行なわれた協議を受けてロンドンで正式調印された七協定の総称。

8 **オ・ゼクート** 一九一八年に創刊されたフランスの愛国主義、反ドイツ主義の週刊紙。

9 **アリスティード・ブリアン** （一八六二〜一九三二）。フランスの政治家。首相、外相。ロカルノ条約の締結に尽力し、一九二六年ノーベル平和賞を受賞している。

10 **ピエール・ラヴァル**　（一八八三〜一九四五）。フランスの政治家。ヴィシー政権時代の主要人物で、一九四二年に首相となり対独協力政策を主導した。

11 **アイーダ**　ヴェルディ作曲の全四幕からなるオペラ。

12 **イフィジェニー**　『タウリスのイフィゲニア（トーリードのイフィジェニー）』。グルック作曲の全四幕からなるオペラ。

13 **アクシオン・フランセーズ**　一八九九年に創刊されたフランス王党派の極右団体の機関紙。

14 **シュルクフ**　ロベール・シャルル・シュルクフ（一七七三〜一八二七）。フランスの私掠船船長。商船とイギリス軍艦への大胆不敵な攻撃で富と名声を獲得した。

15 **ブルム**　レオン・ブルム（一八七二〜一九五〇）。フランスの政治家。社会党に属し、三度に渡って首相を務めた。とりわけ一九三六年に成立したフランス人民戦線内閣の首班を務めた人物として知られる。

16 **アベル・ボナール**　（一八八三〜一九六八）。フランスの詩人、随筆家、政治家。一九三〇年代、ファシズムに傾倒した。

17 **ル・プティ・ジュルナル**　一八六三年から一九四四年まで発行されたパリの日刊紙で第一次世界大戦前は四大新聞の一つだった。

18 **リューゲン島**　バルト海にあるドイツ最大の島。

19 **リヴィエラ海岸**　イタリア北西部の地中海沿岸地方。一部フランスのアルプ・マリティム県（ニースがある）を含む。

20 **不純粋主義者たち**　kakangélistes フランス語の angélistes（純粋主義者）にドイツ語で名詞などにつけて「悪い・病的な」などを意味する kak.. をつけた造語ではないかと思われる。

21 **モノ**　モノ家。プロテスタントの牧師の家系。ジャン・モノ（一七六五〜一八三六）まで遡り、牧師、プロテスタントの神学者他、医者（ノーベル生理学・医学賞受賞者二名）、数多くの教育者、学者、芸術家を輩出している。

22 **リュマニテ**　一九〇四年に旧フランス社会党の指導者ジャン・ジョレスが創刊し、一九二一年にフランス共産党の機関紙となったフランスの日刊紙。

23 **「望みが叶いますように！」** くしゃみをした人にふざけて言うフランス語の決まり文句。

24 **「有給休暇とあの人たちのハンチング」** 一九三六年、レオン・ブルムを首班とする左翼政権下で労働者に初めて付与された有給休暇のことを指す。ハンチング（鳥打帽）は労働者を象徴するもの。

25 **ベアトリス・ブレッティ** （一八九三〜一九八二）。フランスの喜劇女優。一九三五年四月二十六日、フランステレビジョンの初の公開番組に出演した一人。

26 **ポーラン、モラーヌ、チャベス** ルイ・ポーラン（一八八三〜一九六三）。フランスのパイロット。モラーヌ・ソルニエ。モラーヌ兄弟によって一九一一年に創立された航空機メーカー。ホルヘ・チャベス（一八八七〜一九一〇）。フランス系ペルー人で航空パイオニアの一人。

27 **ジェヴィエツキ** ステファン・ジェヴィエツキ（一八四四〜一九三八）。ポーランドの科学者、ジャーナリスト、エンジニア、発明家で、ロシアとフランスで活躍した。著書《Théorie générale de l'hélice》（『プロペラの一般理論』一九二〇）はフランス科学アカデミーから近代プロペラの発展における重要な業績として表彰された。

28 **「なにさまよ」や「ばたくらん」** どちらもモーリシャスで話されるクレオール語の表現らしく、原文は《ki cause-là ou bataclan》。《ki cause-là》は「誰（qui）がそれを（là）言う（cause）」で、これを憤慨的なニュアンスで「なにさまよ」と訳したが、《bataclan》については、この状況でこの語に相当しそうなフランス語訳が見つからず、やむなく原文のままの音（おん）を仮名表記にした。

29 **四旬節中日** 四旬節（灰の水曜日から復活祭前日までの四十六日間）の第三週目の木曜日。子供たちが仮装などをして遊ぶことが多い。

第2章　転落

1 **グララ=トゥア** グララとトゥアはアルジェリア南西アドラール県域の隣接する二つの地方で、オアシスの集合地。

2 **ジョン・リード** （一八八七〜一九二〇）。アメリカ合衆国出身のジャーナリスト、活動家。著書『世界を揺るがした十日間』（ロシア革命のルポルタージュ）など。

3　**ジャック・ロンドン**　（一八七六〜一九一六）。アメリカ合衆国の作家。貧困のため幼い頃から様々な職につき、各地を放浪する。一九〇三年、北方での見聞をもとに書いた小説『野性の呼び声』で一躍流行作家になった。

4　**スタンリー**　ヘンリー・モートン・スタンリー（一八四一〜一九〇四）。ウェールズ出身のジャーナリスト、探検家。ヨーロッパで初めてアフリカ大陸を横断したスコットランドの宣教師、探検家、医師のリヴィングストンがアフリカで行方不明になったとき、彼の捜索に乗り出しタンザニアで発見したエピソードが知られている。

5　**アミアンの和約**　一八〇二年三月二十五日、フランス北部の都市アミアンにおいてイギリスとフランスの間で締結されたフランス革命戦争の講和条約。

6　**ゴルコンダ王国**　クトゥブ・シャーヒー朝ともいう。十六世紀初頭から十七世紀の終わり頃までインドに存在した王朝。ムガル帝国の第六代皇帝アウラングゼーブ（一六一八〜一七〇七）に滅ぼされた。

7　**マプー**　モーリシャス島北部の村。

8　**シャティニ**　米と一緒に出されるモーリシャス料理の一品。細かく刻んだ野菜と果物に味付けをし、冷やして食べる。

9　**小辞**　貴族の印として名前に冠すdeなどを指す。

10　**スチューカ**　第二次世界大戦中のドイツの急降下爆撃機。

第3章　沈黙

1　**メルセルケビール海戦**　一九四〇年七月三日、アルジェリア、メルセルケビール軍港におけるイギリス海軍とフランス海軍との海戦。ドイツ軍の侵攻によるフランス降伏の後、イギリス海軍はフランス艦隊がドイツに渡らないようにイギリスの指揮下に入れるか無力化することにし、これに応じなかったフランス海軍を攻撃した。

2　**グランゴワール**　一九二八年から一九四四年まで発行されたフランス極右派の政治と文学の週刊紙。外国人嫌いとヴィシー政権の支持を特徴とした。

3　**ブロック**　マルク・ブロック（一八八六〜一九四四）。ユダヤ系フランス人の歴史学者。第二次世界大戦では五十三歳の高齢をおして出征。フランス降伏後も抵抗運動を続けたが、故郷リヨンにおいてドイツ軍に捕縛され、銃殺刑に処せられた。

4　**ポマレ**　シャルル・ポマレ（一八九七〜一九八四）。フランスの政治家。親独的中立政権のヴィシー政府で内務大臣を務めるが、主班のペタン元帥の人格に対し敵意のある発言をしたため、一九四〇年十月二日にペルヴォワザン刑務所（フランス中部ランドル県）に監禁された。

5　**「すべては始まる前に…」**　一九三九年九月一日の第二次世界大戦勃発後、フランスはイギリスとともにドイツに宣戦布告したが、実際に戦闘行為が交わされることのないまま、フランスはドイツの侵攻を許し、一九四〇年六月十四日に首都パリは陥落した。この日から、ド・ゴール将軍率いる自由フランス軍ら連合国軍によって解放される一九四四年八月二十五日まで、フランスの国土はドイツの占領下に置かれた。

6　**「こちらはロンドン、フランス人がフランス人に話しかけます」**　一九四〇年、イギリスのBBC放送は、ドイツ占領から逃れた最初の対独抵抗派たちへの放送を開始した。それは「フランス人がフランス人に話す」という番組とともに、終戦までの四年間、兵隊たちとその家族や近親者の情報交換を可能にする伝言の場であった。この「ゴルデンベルグ…」以下、列挙されているのはすべてユダヤ人の名前で、対独抵抗派はユダヤ人の手先であるという意味の、対独協力派からの皮肉と思われる。

7　**アンリ・ベロ**　（一八八五〜一九五八）。フランスの作家、ジャーナリスト。一九二八年から一九四三年までグランゴワールの政治記者、論説委員。

8　**マリア・シャプドレーヌ**　フランスの作家ルイ・エモン（一八八〇〜一九一三）がケベック在住中の一九一三年に書いた小説の題名。

9　**マクサンス**　ジャン＝ピエール・マクサンス（一九〇六〜一九五六）。フランスの極右の作家、ジャーナリスト。

10　**虫けらどもをひねりつぶせ**　Bagatelles pour un massacre フランスの作家ルイ＝フェルディナン・セリーヌ（一八九四〜一九六一）が書いた四冊の誹謗文書のうちの二冊目にあたり、一九三七年に出版された。セリーヌの反ユダヤ主義が露骨に表れており、彼の未亡人によってフランスでは現在でも出版が差し止められている。日本では『虫けらどもをひねりつぶせ』の邦題で翻訳され、全集に収められている。

11　**ジュ・スイ・パルトゥ**　一九三〇年から一九四四年まで発行されたフランスの週刊紙。初めは「私はどこにでもいる　Je suis partout」というその名前のとおり国際状況を伝える一般紙であったが、急速に右傾化し、ファシズムに同調、ナチス・ドイツに接近してゆく。フランスのドイツ占領時代は対独協力派を象徴する機関紙となる。

12　**マルセル・ジュアンドー**　（一八八八〜一九七九）。フランスの作家。一九三八年に書いた反ユダヤ的誹謗文書が、フランスのドイツ占領時代、対独協力派の新聞に、彼らの人種説の正当化とユダヤ人迫害のために引用された。

13　**ルネ・シュオブ**　（一八九五〜一九四六）。キリスト教徒に改宗したユダヤ人作家。その作品の中で辛辣な反ユダヤ主義を表明している。

14　**黄色の小びと**　ボードを使ったトランプゲームの一種。

15　**ディアボロ**　ジャグリング（お手玉）の道具の一種で、空中で回転させるタイプの独楽。

16　**ジャイロスコープ**　物体の角度や角速度を検出する計測器。

17　**リュド**　子供用ボードゲームの一種。

18　**パテニュース**　パテはフランスの大手映画制作会社。パテ兄弟社ともいう。一九〇八年に長編映画の前に上映する短編ニュースを世界で初めて導入した。

19　**第五列**　本来味方であるはずの集団の中で、敵方に味方する人々の存在を指す。

20　**Bescheinigung...**　（訳）証明書／ブラン・エテル・マリー嬢／上記の者に自家用車ナンバー1451DU2でパリからニッツァへ行くことを許可する／家族同行／パリ、XII. 1942／駐屯地司令官／署名―陸軍中尉エルンスト・ブロル

21　**シャルル・モーラス**　（一八六八〜一九五二）。フランスの作家、ジャーナリスト、政治家、完全国家主義の理論家。王党派右翼のアクシオン・フランセーズをリードした、フランスにおけるファシズムの中心的人物で、ヴィシー政権を支持した。

22　**ダラディエ**　エドゥアール・ダラディエ（一八八

四〜一九七〇）。フランスの政治家。急進社会党所属。豊富な閣僚経験を持ち、首相にも就任。ブルムの人民戦線内閣にも参加。ヴィシー政権成立後はブルムとともにドイツに連行され、強制収容所に送られた。

23 **ラ・ロック**　フランソワ・ド・ラ・ロック（一八八五〜一九四六）。フランスの軍人、政治家。退役軍人団体「火の十字団」のリーダー。中道的な立場で、反共産主義、反ナチズムを徹底し、スターリンよりはむしろヒトラー寄りである多くの右翼とは一線を画した。「火の十字団」解散後は、フランス社会党を創設。ヴィシー政権下では、地下抵抗運動に関わった。ここで「役目を拒否した」というのは、一九三四年二月六日の退役軍人連合と右翼連合による議会制の腐敗を糾弾し、その転覆を謀るデモの中で、ラ・ロック自らはデモに参加せず、「火の十字団」にも議会への襲撃を禁じたことを指しているものと思われる。（剣持久木著『記憶の中のファシズム』（講談社）参照）。

24 **グエン・アイ・クォック**　ホー・チ・ミン（一八九〇〜一九六九）の第二次世界大戦までに使用していた変名。

25 **グラン・ポールの戦い**　一八一〇年八月、ナポレオン戦争において、モーリシャス島（当時はフランス島）のグラン・ポール湾でフランス海軍が唯一イギリス海軍に勝利した戦い。しかし同年十二月にフランスはイギリスに降伏。フランス島の支配権はフランスからイギリスに移り、島はもとのモーリシャス島に改名された。

26 **ブルーム＆ヴォクス卿**　（一七七八〜一八六八）。イギリスの政治家、作家。貴族院で大法官を務めた後、慣習法《コモン・ロー》の編纂に携わる。一八三四年、療養で偶然訪れたフランスのカンヌに魅了され、ここに別荘を開き、カンヌの産業発展などに貢献した。

27 **マリー・バシュキルツェフ**　（一八五八〜一八八四）。ウクライナ生れのロシア貴族。当時フランスの美術学校で学んだ数少ない女性画家、彫刻家の一人。日記作家としても知られる。

28 **ピクウィック氏の冒険**　原題は《THE POSTHUMOUS PAPERS OF THE PICKWICK CLUB》。チャールズ・ディケンズ（一八一二〜一八七〇）の初期の出世作で、イギリス国民の人気を博したピカレスク小説。

29 **モスタガネム** アルジェリアの地中海沿岸の港湾都市。一八三三年以後、フランスの支配を受けた。

30 **ガブリエル・デストレ** （一五七一～一五九九）。フランス王アンリ四世の愛妾。

31 **ロクビリエール** プロヴァンス＝アルプ＝コート・ダジュール地方のイタリア国境近くの村。ヴェズュビの谷の中心にある。

32 **ロンメル元帥** エルヴィン・ロンメル（一八九一～一九四四）。ドイツ国防軍の軍人。第二次世界大戦における数々の圧倒的な戦功と、その騎士道精神により、名将として知られる。

33 **ポワンテュ** 南フランスで漁業、レジャーに使われる両端の尖った艇。

34 **白鳥の島、モーリシャス島。** モーリシャス島は初め、十六世紀初頭に上陸したポルトガル人によって「白鳥の島」と呼ばれていた。その後、一六三八年にオランダ人が上陸し、オランダ総領オラニエ公マウリッツの名を与え、モーリシャス島となった。『Isla Cisneros』とはスペイン語で、「シスネロス島」のことだが、この名前が何を示しているのか訳者には解らない。おそらく、植民地支配の歴史と時を同じくして始まったこのモーリシャス島の歴史と、何らかの関係をもつ名前であろうと想像する。

訳者あとがき

本書は、二〇〇八年にガリマール書店から出版された、ジャン・マリー・ギュスターヴ・ル・クレジオの小説《RITOURNELLE DE LA FAIM》の全訳である。

リトルネロとは、イタリア語の《ritorno》(復帰)から派生した言葉で、西洋音楽の楽曲の一形式であるリトルネロ形式の、反復回帰する主題のことをいう。

『飢えのリトルネロ』という表題は、ある家族の悲劇の歯車が、時代の悲劇の歯車と連動し、不穏に交響してゆくこの物語を、一つの楽曲になぞらえたものと思われる。

また、この表題は、小説の構成とも関わりを持つようにも考えられる。

まず、扉に掲げられたエピグラフが、ランボーの詩『飢餓の祭り』《Fêtes de la faim》であること。この詩も一連目と最終連(引用部分にはないが)がリフレーンで呼応していて、一種のリトルネロ形式を思わせる。次の〈序〉の部分では、作者自身の子供時代の「飢え」の体験が綴られ、もう一つの「飢え」の物語であるこの小説のヒロイン、エテルの物語の開幕が告げられる。

そして物語が幕を閉じた後、〈結び〉ではラヴェルの『ボレロ』の初演の話が語られ、この『ボレロ』が「怒りと飢え」の旋律として、物語を動かしてきたテーマ音楽であったことが、作者自身によって明かされる。

このように、主題の「飢え」がリトルネロ（反復）で展開してゆく、この小説の構成自体をも、この表題は示しているとさえ思われる。

さらに、語り手である「僕」（エテルの息子）が、最後、「今日」で小説の表舞台に姿を現し、母親が彼に語り聞かせてきたパリの町、いわば「僕」自身の知られざる故郷に戻ってくるという軌跡も、一つの反復回帰の円環を描いている。

この小説は、一九八〇年代以降のル・クレジオ文学の中心テーマの一つである、〈家族の物語〉に類別することができるだろう。しかしそれはいつも、ル・クレジオとその家族に纏わる伝記的な要素を反映させたフィクションであって、決して伝記そのものではない。「LIVRES HEBDO」誌（二〇〇八年九月）の対談で、作家はこれを「現実とは関わりのない私的な物語」と、この人らしい矛盾を孕んだ言い回しで呼んでいる。そして、なぜ伝記を書くことを避けるのか、という質問に対して次のように答えている。

「小説の中で動き出す想像力は、わたしたちの記憶によって養われるものであって、考え出されるものではありません。それは資料と思い出の箱の中から汲みだすものです。しかし、それでも想像力は依然、想像力として残ります。もしも自分自身の物語である伝記を書き始めたとしたら、想像力は弱まってしまいます。そして、もしも世界の不正と戦わねばならないとしたら、想像力は自分自身の話よりも、それを上手く成し遂げてくれるのです。」

「世界の不正」とは、この小説において、もちろん戦争を意味しているだろう。作家は、戦争の証人（それは前線で戦う兵士ではなく、銃後の日々を戦う女性や子供たち）の一人として、一九三〇年代から四〇年代前半に青春期を生きた女性を主人公に据えている。その女性エテルは、作家の言うところの「考え出されたもの」ではなく、「わたしたちの記憶によって養われたもの」である。つまり、作家の母親が彼に語り聞かせた一九三〇年代の追憶、ニースでの占領下における生活（そこでル・クレジオは四〇年に生れた）、そして彼らの共通の記憶、特に作家が「解放」のイメージと感覚を心身に刻みつけたという、ロクビリエール山中での思い出などから紡ぎだされた人物である。

さらに、この小説を書く素材となった実際の記憶として、作家はいくつかの例を挙げている。物語の冒頭で、ソリマン氏が植民地博覧会で買い上げた「薄紫の家」のモデルは、今パリのパストゥール病院の敷地内にあるという。これは作家の母方の祖父が同じくパリの博覧会で買い上げ、そこで実際に母たちが（木造建築のために冬の寒さに凍えながら！）過した家なのだそうだ。それから、エテルとその家族が、一九四二年に難民認定を受け、非占領地区のニースへ（しかしここもすぐにイタリアに、翌年の秋にはドイツに占領される）約七百キロの道を命からがら逃げてゆくシーンがあるが、そのときエテルが運転したベル・エポック時代のオープンカー、ド・ディオン・ブートンは、作家が子供の頃、ニースの実家のガレージに眠っていたものなのだそうだ。この車の描写は、小説の中で実際の記憶に忠実に再現されているという。

ところで訳者は、本作品の翻訳に取りかかる前、『アフリカのひと（二〇〇四年）』で自らの父の肖像を描いた作家が、フィクションとはいえ、今度は逝去されて間もない母親の物語を小説に仕立てたのだと勝手な思い込みをしていた。それで、二〇〇九年に東京のフランス大使館で行なわれたノーベル文学賞来日記念講演の席上で、それについて作家本人に直接問いかけてみたところ、ル・クレジオ氏の答えは次のようなものだった。

「『飢えのリトルネロ』は、わたしの母をモデルにした小説というわけではありません。母はこの小説のヒロインより十歳も年上ですから。わたしがむしろ書きたかったのは、ファシズムの台頭です。戦争に先立つ数年間にフランスがどのようにしてファシストの国になり、戦争を受け入れてしまったのか。その原因は当時の社会にありました。わたしは母が言っていたことを憶えています――戦争への高まり、それは発熱のようなもので、それが上昇するのを妨げることはできなかったのだと。そこからわたしはこの小説の着想を得ました。その発熱というのは、反ユダヤ主義、人種差別、暴力への崇拝、軍への崇拝、共産主義の排斥でした。それらすべてが戦争を構築しつつあり、人々はそれに対して抵抗することができませんでした。生きることを望み、恋をしていた一人の若い女性にとって、そしてその家族にとってもまた、こうしたすべての陰謀が着々と進行するのを見ているというのは、非常につらい状況であったと思われます。エテルの親戚については、ご指摘のとおり、わたし自身の親戚がモデルになっています。彼らは当時フランスにいて、一方はモーリシャス島出身の者たち、他方はフランスの地方出身の者たちでしたが、彼らの中にも戦争への同意があったのです。人々は戦争を望んでいました。そしてそれは実際に起きてしまいました。わたしが言いたかったのはそのことなのです。」

発熱のような戦争への気運の高まり。それは、「リズムとクレッシェンドによって圧倒し、執拗に繰り返される」あのラヴェルの『ボレロ』のフレーズが意味するものであった、と作家はこの小説の〈結び〉で述べている。『ボレロ』の初演は一九二八年。三九年に勃発した第二次世界大戦の種子は、すでにその十年余り前に懐胎されていた。『ボレロ』――「それは予言である」――この鋭い洞察が、ル・クレジオをしてこの作品を書かせる発端になったのだと言えるだろう。

これについて、同じく先の「LIVRES HEBDO」誌の対談で、作家は興味深い告白をしている。それは、彼の偉大なる先達で文化人類学者のクロード・レヴィ＝ストロースが、一九七〇年代に、ル・クレジオに打ち明けたという、次のような話である――彼、レヴィ＝ストロースもまた、『ボレロ』の初演を実際に最前列で観ており、それがきっかけとなって、かの長大な書物『神話論理』を書き始めたというのだ。自分が生まれる前の時代に、母親とレヴィ＝ストロースが、同じ時、同じ場所で、同じ音楽に心を揺さぶられていたという、この不思議な縁《えにし》に、ル・クレジオの想像力はいかに刺激されたことだろうか。

「わたしはいつもこの『ボレロ』の初演を、小説のしかるべき場所に落ち着かせたいと思っていました。しかし、それを想像することは、それを取り巻くすべてのことを思い起こすことでした。つまり、わたしの知らないあの戦前のパリ、わたしが育ったのではないあの町のことを。それらすべてが『飢えのリトルネロ』とともに甦ってきたのです。そしてわたしはパリについて語りました。それは多くの参考資料を必要としました。パリは依然、わたしにとって空想の町、わたしの母がわたしに語った町、作家のナタリー・サロートが繰り返し語っていた町のままです。わたしは語り手の男たち、女たちの間で生きてきました。わたしを仲介にして語っているのはその人たちです。わたしの記憶は何の意味も持たないでしょう。もしもわたしが自分の記憶を語ったとすれば、彼らは沈黙してしまうことでしょう。」

この最後の言葉は、アメリカ先住民の神話世界に深く耳を傾け、自らを「他者」の言葉に貸し与えるという、レヴィ＝ストロースの神話研究の執筆態度を彷彿とさせる。この仲介者のスタンスは、ル・クレジオ自身のアメリカ先住民との生活体験に翻せば、次のような彼の美しい言葉に置き換えることができるだろうか。それは二〇〇八年十二月七日のノーベル文学賞講演『逆説の森のなかで』（「すばる」二〇〇九年三月号（星埜守之訳））において、ル・クレジオが自分よりもこの賞を捧げるべき相手としてその存在を紹介している、中央アメリカのダリエンの森で出会った女性の語り部、エルビラの話である。

「神話の単純な横糸――煙草の発明、原初の双子の兄弟、時間の彼方からやってくる、神々や人間たちの物語といったものに、エルビラは自分自身の物語を、そう、放浪の人生の、いくつもの恋の、裏切りと苦悩の、肉の愛の強烈な幸福の、嫉妬の酸っぱさの、年老いて死んでゆくことへの恐怖の物語を付け加えていました。彼女はまさに動く詩そのものであり、古代の劇場であると同時に、このうえなく現代的な小説でもありました。」

ル・クレジオにとって、このエルビラの声と手振りのリズムと表情こそ、彼の「文学」という、文字による語りの手段で紡ぎだそうとしているものではないだろうか。時間の彼方からやってくる記憶を横糸に、今を生きる人間の想像力を縦糸にして。

＊

ル・クレジオの格調高いと同時にごく自然な語り口を拙訳がどこまで再現できているかは、まったく心許ないかぎりである。縁あって、幸運なことに、これで同作者の四冊目の翻訳を世に送り出すことができたが、回を重ねるごとに、僭越なことをしているのではないかと身の縮む思いでいる。読者諸氏の厳しい批判やアドバイスなどがあれば、謙虚に耳を傾けたい。

訳出にあたり、鎌倉の語楽塾リトル・ヨーロッパの講師、セドニ・マーク先生とマルティィ・クリストフ先生から懇切な指導を授かった。ドイツ語とロシア語の部分に関しては、わたしの弟の助力を得た。心から感謝の意を捧げたい。その他、訳に関して適切なアドバイスを下さった友人にも礼を述べたい。そして、訳者のマイペースに辛抱強くお付き合いくださった原書房の寿田英洋さん、この度もお世話になり、ありがとうございました。

村野美優

◆著者略歴

J. M. G. ル・クレジオ（J. M. G. LE CLÉZIO）

1940年、フランスのブルターニュ地方からモーリシャス島へ移住した植民者の末裔として、南仏のニースに生まれる。幼い頃から本や語りの世界に親しみ、63年に小説『調書』で作家としてデビュー。70年代、中央アメリカのパナマで先住民と生活をともにし、人生における根源的な体験をする。ニューメキシコ州のアルバカーキをおもな拠点に、半世紀にわたる執筆活動を持続させ、著作は約50冊にのぼる。2008年、小説『飢えのリトルネロ』を出版してまもなく、ノーベル文学賞を受賞。3度来日している。

◆訳者略歴

村野美優（むらの・みゆう）

1967年、福岡県生まれ。20歳のときに、ル・クレジオの小説『向う側への旅』と出会い感銘を受ける。25歳からアテネフランセでフランス語を学び始める。上智大学フランス文学科卒業。訳書に、ル・クレジオの『黄金の魚』、『はじまりの時（原題《RÉVOLUTIONS》）』、『雲の人びと』（近刊）がある。

飢《う》えのリトルネロ

●

2011年4月10日　第1刷

著者………ジャン・マリー・ギュスターヴ・ル・クレジオ
訳者………村野美優《むらのみゆう》

装幀者………川島進（スタジオ・ギブ）
本文組版・印刷………株式会社精興社
カバー印刷………株式会社明光社
製本………小高製本工業株式会社

発行者………成瀬雅人
発行所………株式会社原書房
〒160-0022　東京都新宿区新宿1-25-13
電話・代表 03(3354)0685
http://www.harashobo.co.jp
振替・00150-6-151594
ISBN978-4-562-04672-0